# 暖活

劉中薇

愛得還不錯的那些故事

# 暖活 推薦文

「愛」有時很簡單，有時又挺艱難的，但無論如何都別放棄愛的能力……，因為有愛，才懂得幸福來過。就如同中薇的動人故事一樣！

——「犀利」製作人 王珮華

在中薇老師的課堂上，真切感受到「暖活」的力量，此書，就像「恆溫」收藏的酒窖一般，將愛的故事，以文字細細蘊藏、發酵，至歷久彌新。

——總太地產開發股份有限公司 董事長 吳錫坤

總是讓人感覺溫暖文字背後，更是一顆親愛的心。

——公視《爸媽囧很大節目》 主持人 李四端

在故事與故事之間，朋友親人的感情，正面看待人生的力量，相信世間美好的執念，輕輕流轉，值得細細品味。

——老爺酒店集團 執行長 沈方正

沒有華麗的文字，只有真誠的分享；這是薇薇說過最好的故事，關於她自己的真實，關於愛。還非常出乎意料地，適合男生們細讀。

——遊戲橘子數位科技 品牌總監 陳秉良

每次閱讀薇薇公主的文字，就像踩上了輕快的魔法鞋，即便像我這樣忍辱負重的男子漢創業家，也能從薇式那種軟泥中舞步的天真，感覺到溫暖發生在冷熱交互間，愛，就在心也接受的那一刻，讀上一篇，便會愛上一遍。

——時間軸科技總經理暨創辦人 葉建漢

認識中薇十多年，她總是能輕易地摹繪出那些細小而溫暖的閃爍片刻；書裡那場婚禮我也在場，也是我這輩子出席的婚禮中，唯一讓我落淚的一場。薇薇追尋一段簡單的幸福，花了（非常久）$^2$ 的時間，這回，從書裡帶領大家看見她的決心。

——影評人 膝關節

認識中薇的因緣很奇特，約莫十年前參加一回山上朋友的茶會，因中薇搭我便車下山而結識，短暫交談下，感受她是位生命力非常獨特的小女生，為探索自我，放下工作便隻身前往紐約遊學；數年後再相遇的場景，她與我夫人恰好是茶道課的同學，而那時她已是「說故事與創意」課程的秒殺名師，也是知名偶像劇的劇作家，生命綻放，緣分如此奇妙。

讀了《暖活：愛得還不錯的那些故事》這本新作，一則則溫暖我心的故事，眼眶不由得溼潤了多次。閱讀的過程，內心的情感有如乘坐在雲霄飛車上，經歷無數驚險、感受不斷的挫折磨難中，逐漸增加情感的厚度、深度，與多元性。原來，生命中的溫暖，是必須透過心的感受、傳遞與經營的；原來，生命是如此奇妙，誠心就可以讓奇蹟發生在自己身上。

因為生命有缺憾，所以我們都該學習如何蘊育和包容更大的愛，在漣漪擴大成無私的愛，讓自己和周遭的人更幸福。這本書中奇妙多元的感情，遠超越我的想像，也豐富了我內在的情感，與對人生的感受力，我感覺到自己更加珍惜、激賞默默付出溫暖的人，與其說是暖活的故事，不如說是情感和生命學習的手札，尤其對當代過度依賴手機、電腦和網路的年輕朋友，是很有啟發、很值得閱讀的一本書。

我們因為愛而療癒自己，也因為愛而開了眼界。打開胸懷，我們將更能散播愛，去擁抱不一樣的生命、不一樣的思考，最大的奇蹟就是自己，因有溫暖的心彼此連結。

——和築開發股份有限公司 總經理 吳森基

# 愛得還不錯，活得還不賴——自序

小子剛滿一歲五個月，他不知從哪兒學會一個詞彙叫做「卡住」。從脖子把衣服套進去，手拉不出來的時候；穿鞋子沒把五隻腳趾頭放平穩的時候；自己貪玩爬進大紙箱出不來的時候；他都會扯開喉嚨，氣惱地大喊：「卡住！」

有一次，他吃完蘋果，同樣指著嘴巴大喊：「卡住！卡住！」我納悶了，一共只有六顆牙，到底能卡住哪裡？我歪著頭，用手指探進他嘴裡東摸西摸，喔！罪魁禍首現形了！有一個很細很小的蘋果渣卡在他的牙縫裡。果然是卡住了。

原來我們在很小的時候，就懂得「卡住」的感覺，那種施展不開、渾身不舒服的感覺。卡住的時候，心裡會焦急，誰來拉我一把呢？什麼時候才能自由呢？偏偏越是心慌，越是手忙腳亂。

所以，急什麼呢？急也沒有用啊！

成長過程中，我最討厭考試，一看見考卷就開始頭皮發麻，急著想要答案，往往越急越想不出來，最後只落得胃抽筋罷了。對於人生這道試題，我同樣資質駑鈍，偏偏這人生考卷，常常是胃抽筋了，依然無言以對。

但是長大的我漸漸發現，生命當中無論多麼艱澀的難題，都有一個終極答案……那些讓你千回百轉的心情，欲言又止的忐忑，無言以對的時刻，把它們層層剝開，就會得到包藏在底下的真相。

因為愛的作祟，所以有那麼多輾轉難眠的為難、在乎、悲傷。

因為愛的光輝，又讓我們體會那麼多淚光閃閃的寬容、奉獻、溫暖。

原來，愛，就是這個世界上最美的真相。

這本書，在我心裡，緩慢地寫了三十多年（沒辦法呀，成長需要時間嘛）。

從反覆修改、決定出版到真的付梓，約莫兩年。

時間終究磨練耐性，我不急，我不怕等待。

如果幸福的追求是一場賽跑，我想我是馬拉松女孩。我不求快速抵達，只求每一步都踏實，不要漏看了迷人風景。

從小我就是一個問題很多的小孩，我常常被「卡住」，我不確定這是不是源自於我有一個問題很多的家庭。當別人家裡是琴棋書畫的時候，我們家上演的多半是刀光劍影。小時候我不斷質問為什麼、為什麼、為什麼？現在才明白，那些為什麼，是上天要讓我的生命充滿精采絕倫的故事。

我的家很奇妙，老媽一輩子覺得委屈命苦，老爸到老還是血氣方剛，哥哥常常出言不遜，但他們心底卻是極善良、極溫暖。老媽在我們最拮据的時候收留燒壞腦袋的鄰居女兒，老爸則是正義凜然帶回差點被推入火坑的芳姊，老哥總是莫名其妙撿回流浪狗、貓、兔子、鴨子……

當老爸拎著皮箱離開這個家，我以為我從此要變成「單親家庭」的小孩。豈料，上天的旨意是要我準備迎接「多親家庭」的到來。兩個爸爸與三個媽媽，再加上他們的家人……

我多麼感謝這樣的安排，否則，我永遠不懂得什麼是愛。

老媽遇到叔叔，我從叔叔身上體會各種愛的樣貌：愛是恩慈、是奉獻、是接納、是不自私、是不計較、是真心為別人好。

愛原來是那麼溫柔、溫暖的一道光。

生長在一個有溫度的家庭，比生長在一個「正常組合的家庭」更重要。

曾經，我軟弱且自卑；而今，我自信又自在。

曾經，我以為沒有永遠的幸福；而今，我知道永遠很遠，但幸福可以很近。

曾經，我以為自己很渺小；而今，我深信無論多麼微小的光芒，都有溫度。

在和出版社討論書名的時候，出版社提出「暖活就是我的超能力」這個提案。思考了一夜，我發現我無法對這個書名感到安心，因為，暖活從來就不是我的超能力，暖活是我的信仰。超能力是一時的、短暫的，但信仰不是。

信仰是內心堅定的力量，是永恆的信念，而我，深深信仰著——暖活。

只有真心看到別人，對生命熱情以待，才能溫暖地活在世界上。

人生任何一個被「卡住」的時刻，都可以經由時間、信念、愛與成長，得到解答。

我更相信沒有愛不能超越的事，沒有愛不能撫慰的心。

我願意永遠懷抱希望，相信奇蹟。

你知道嗎？這世界沒有所謂完美的人生，但是我們都可以擁有美好的人生。

無論處在人生什麼樣的處境，我喜歡生長，努力向上，我知道我值得幸福，我知道我一定會幸福。

既然一定會幸福，那麼只有時間早晚的差別。

所以，別急呢！

讓自己成為一個溫暖的發光體吧！

如果你想要愛，那麼就先去愛。能夠付出愛，才能吸引更多愛前來。

請你相信，充滿愛的你，非常可愛，值得幸福。

等時間到了，季節對了，花自然就開了。

花若盛開，蝴蝶自來。

當你追著蝴蝶跑，你就是抓不到，若你微笑等待，內心篤定，全然安歇，瞧！蝴蝶已經停在你肩頭了呢！

不急，在等待的時候，我們喝杯咖啡，看故事。

謝謝你打開這本書，我用虔誠的心為你寫下這些故事，它們，愛得還不錯，活得還不賴！

# 目次


推薦語 II

自序——愛得還不錯，活得還不賴 IV

1 兩個太陽 001

一個人一生中，擁有一個父親，是幸福的。
而我，比一個，又多一個，是雙倍的幸福。

2 婚禮上，爸爸們的小抄 011

我不知道老爸累積多少感謝去伸這雙手，歡迎另一個男人在女兒大喜之日，
與他一同分享「父親」這個寶座？又用多大氣度，
看著女兒在台上激動表達對另一位爸爸無盡的謝意？

3 幸福的起點 026

如果你希望幸福長長久久，那麼幸福就像一場馬拉松，
你必須能夠時時感受到你的呼吸、你的心跳、你的溫度，這樣才能帶你跑得遠一點、久一點。

4 沙漠裡，我想起…… 032

我相信每一個生命，都是奮力在荒蕪的人生土地上撒種、栽花。
直到上天給我們的時間終了，那一天，站在花園中，我們會看見這一生的成果。

5 青春，一場冰風暴 037

那一天，陽光是什麼溫度她已經不記得，但是，她心裡的冰寒永難忘懷。
下腹每抽痛一陣，過往的荒唐回憶也跟著在腦海裡搖晃。

6
看不見的光 043
也或許不久之後，他將知道，這個重要的一天，不僅僅牽動他，
更牽動了一些人，一些他從來沒有見過面，但卻即將被他深深撼動的人。

7
夏夜晚風謀殺案 051
忽然間，我們幾個人，集體參與一樁謀殺案，
熱熱烈烈商量起究竟誰該死，誰不該死。

8
公主養成訓練班 058
那天珂珂不想回家，反正她家裡也沒人，她鬧著要留在我家看ＤＶＤ過夜，於是她先去洗澡，
洗完澡，換我進浴室，我看見瓶瓶罐罐沒有一樣歸回原位，洗個澡跟打了一場混仗一樣。

9
春心蕩漾後遺症 068
春暖花開的春天，我決定來盛大辦一場春心蕩漾趴踢。
不為什麼，就為我身邊一大群優質誠懇，但卻孤單的朋友們。我的邀請函是這麼寫的……

10
吉兒的豪宅生活 076
停車場的管理員氣沖沖地跑來了，伸手插腰，相當不禮貌地指著吉兒怒斥：
「妳妳妳，妳是誰？妳以為這是你們隨便可以進來的地方嗎？」

11
世界在我們不知道的地方靜靜運轉 083
我望著山景迅速變換，讓人屏氣凝神的美景印入眼簾。禁不住，又潸潸然流下了眼淚。
如果堇看到這一幕幕楓紅怒放的美麗畫面，她願不願意停留她的腳步，
在楓葉林裡散散步，發現世界其實還有讓人心跳的美好？


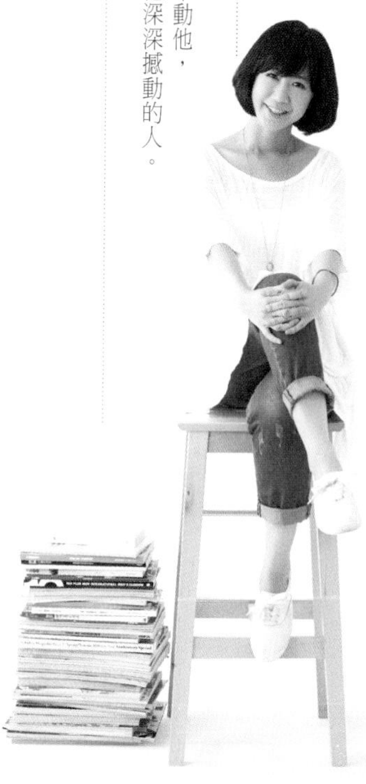

12 我所不懂的事 088
記得有一次，一位學生缺席多堂課，來找我求情，一臉欲言又止。我緊張兮兮，怕他遭遇重大變故，有難言之隱，於是忙將同學拉到一邊，滿臉慈靄地問：「同學，你這麼多次沒來上課，是發生什麼事情嗎？」

13 感恩節的奇蹟 100
「就種族來說，我應該算是韓國人，不過我三個月大的時候就來到美國，所以對韓國的事物一點也不了解……」說到這裡，她頓了一下，接著說：「到美國之前，我是個棄嬰。」

14 你是不開花的種子嗎？ 108
「薇老師，要怎麼分組？」同學拋來問題。「由薇老師我來分。」我平靜地說。通常此話一出，台下馬上哀鴻遍野，像神經反射一樣精準。

15 我的王子是斯德哥爾摩痞子 115
偏偏像我們這樣的女人，非常難搞。高大帥氣的，沒有感覺。家世雄厚的，懶得高攀。炫名車秀名牌的，討厭表象。不夠奮鬥的，顯得沒活力。靠家裡養的，簡直瞧不起。比妳不努力的，一點也不服氣……

16 找個日子當傻子 126
阿禹說，這趟旅行是他的朋友出發環島的前兩個小時通知他，阿禹傻傻地沒多想，把家裡的腳踏車上了油，帶著簡單衣物，就跟著踏上環島旅程。旅程一共九天，只花了一千二百塊錢。

17 你不信任的是什麼？ 132
「妳建議我們的聽眾進行像妳這樣很危險的旅行嗎？到危險的地方還不跟團？」主持人再度拋來一個奇怪的問題，語帶輕蔑。

18 全都怪我太新鮮？ 137
很多雇主希望錄用立即可以上手的員工，節省訓練的時間與開銷。
但我也真想請問雇主，也就是現在的各位大老闆，遙想當年啊，您是一畢業就上手嗎？

19 我想陪你跑到終點 144
記得我剛上研究所的時候，第一次交報告，我很努力但卻拿了全班最低分。
那天下課我一路坐車回家，手裡握著報告，眼淚靜靜留下來，心裡很想休學算了。

20 一顆星星的高度 151
我還不知道怎麼面對死亡。如果最大的世界是宇宙。
天上與人間，都包含在無盡的宇宙裡，我們還是身處同一個時空中，只是彼此站得距離比較遙遠。
天上與人間，不過是一顆星星的高度。

21 課堂失語魔咒 158
在課堂上發言，真的有那麼困難嗎？
我想，一開始，我不要求說話的內容要言之有物，但希望學生最起碼有開口的勇氣。

22 白天的女孩與黑夜的女孩 164
「這個孩子也不知道在想什麼……」聚會中途，貴太太忍不住對著我擔心地叨念了起來，
「這個家什麼都有，就是不知道她想要什麼。……既然不知道她喜歡什麼，所以只有讓她廣泛接觸，
像這些音樂啦、文學啦、藝術啦，各個領域都讓她瞭解一下，這樣也許她會比較清楚。」

23 永遠的芳姊 169
我不知道爸媽討論了多久，反正在一個灑著陽光的午後，
芳姊就這樣傳奇似地來到我家，走進了我的生活。那一年她十二歲。

24 芳姊，過得好嗎？ 178
「芳姊，妳住在哪裡？妳家電話幾號？我們可以去看妳啊！」
芳姊說：「電話喔，不知道啦，我家喔，就住在一條馬路旁邊，
妳就從一個郵局轉進來就可以看到了呀……」

25 媽媽公主 183
對媽媽級的參選者，他提出質疑：「我們是在選公主耶！公主怎麼能結婚呢？
結了婚就好好待在家裡煮飯嘛！」看見阿嬤級的參選者，
他更是搖搖頭：「哎呀，那麼老，又不是選皇后！年紀這麼大，在家養老不是很好？」

26 老媽逃學 189
「為什麼一定要管我？我不能自由自在嗎？」忽然她長成到青少年叛逆期，
繼續對我發飆：「我又不喜歡上課，為什麼一定要我去學校？
管東管西，我有這樣管妳嗎？妳不喜歡人家管妳，妳還要管我！」

27 母女日 197
終於有一陣子，她看見電視上在介紹肚皮舞，
心血來潮說：「這個舞，叮叮噹噹，滿好玩的喔？」
我打鐵趁熱，馬上將我們兩個都報名了。於是每個週二成了我們專屬的母女日。

28 關於跳舞，我說的其實是…… 207
這是舞蹈教室的年度成果發表會，我是眾多學生裡面的一位。
小小的我，短短的舞曲，但是依然像做一件驚天動地的大事那樣，認真準備閃亮亮的表演服……

29 智慧型笨蛋 212

此刻，換我笑不出來，緊張又汗顏，簡直不知道該不該供出自己的壯舉。人難免會有當機的時候，一時秀逗實在不算什麼，但是如果一直秀逗……

30 哭泣並前行 218

靜來醫院檢查的時候是一個人。來看報告的時候是一個人。開完刀，每隔三星期要接受一次治療，也是一個人。

31 愛的發光體 223

金燦燦的陽光灑進庭院，又到了我無法抗拒的季節。每當秋天的第一片葉子落下的時候，我想去流浪。

32 我記得，沒有忘記過 226

你說你小時候愛誇口，騙我說你家裡好有錢，怎麼花都花不完，還遊歷過全世界，招搖撞騙只是要引起我的注意。你告訴我，你的位置就在照片誰和誰中間……

33 初次見面，你好嗎？ 229

電視裡總是這樣演：一個大特寫，產婦表情痛苦，不斷使力，汗水涔涔。忽然傳出一陣響亮的哭聲，鏡頭帶到準爸爸驚喜的笑容，下一幕，母親溫柔地懷抱著襁褓中的嬰孩，爸爸在一旁感動地呵護著母子……

34 你要 Good Life，還是 Goods Life？ 248

雖然我們知道行為的動機可能導致不同快樂的結果，但是到底什麼是快樂？爵士樂大師路易．阿姆斯壯說過：「如果你還要問爵士樂是什麼，那麼你就永遠不會懂。」

35 燈火之夜 252
「噢！親愛的校長、老師、同學，又到了鳳凰花開的季節，
明日我們將各奔東西，但是我們會帶著祝福，從此鵬程萬里……」

36 最後的成功 258
這些不同的教育思想，都存在這個世界上，如果孩子能夠又優秀、又快樂、又溫暖，那是萬幸。
一個菁英但冷漠空虛的孩子，跟一個平凡但溫暖有愛的孩子，我選擇後者。

37 張奶奶的信 261
因為這句發言，張奶奶憤怒地斥責我，
她覺得我內心充滿負面思想、表裡不一，一點都不溫暖，她等著看我會有什麼下場。

38 用愛吸引愛前來 268
哎呀，男人啊，他們根本不知道自己要什麼啊。
尤其是，在生孩子這件事上，他們從來沒有想像，小孩是什麼東東。

39 十八年後的獅子頭 272
我正用三百公里的時速往台中奔去，如果憂傷也可以用飛快的速度消逝，那真好。
坐在全新的座椅上，新的一年，懷抱一鍋新煮好得獅子頭，不知道會不會帶來不一樣的滋味……

40 自己和自己團圓 278
成長的過程中，我像是那缺了一角的圓，
不斷向外尋找夢想、勇氣、愛與希望等等一切可以充滿我、讓我以為圓滿的東西。
而我，找到圓滿了沒有？

獻給 愛

# 兩個太陽

某天下午，接到一通電話，來電者是國際知名女性雜誌，企畫製作藝文界的父女檔專題。

「我們希望採訪妳與妳的父親。」對方這麼說。

「我的父親？」當下我想都沒想，直覺反問：「請問妳要採訪的是我哪一位父親呢？我有兩個……」我將這句話拋出，我與對方不約而同陷入沉默。

我們，都愣住了。

好半晌，對方緩緩開口：「原來……妳有兩個爸爸啊？」

「嗯。」原來……，我真的有兩個爸爸啊……

不知道從什麼時候開始，問起我的父親，我下意識腦海中浮現父親的形象，有爸爸，也有叔叔。兩個爸爸的地位都成立，無法比較，無可取代。

「我們兩個爸爸都採訪好嗎？會不會讓妳很為難？」

為難……

假使我會有為難，那是因為不想造成「父親們」的為難。

如果只採訪爸爸，那麼雜誌出刊後，叔叔看見了，即使心裡明白這是理所當然，也許仍會有一絲失落。

如果只採訪叔叔，爸爸看見了，他必定能體諒，但難免會感傷。

思索一會，我拿起電話，決定先撥給爸爸，我想我該事先告知我的爸爸，這個「關於父親」的專題採訪裡，除了他，還有另一個爸爸。

「爸，雜誌要製作父女檔專題，要採訪我和你，還要拍我們的合照。」電話那頭傳來爸爸爽朗的聲音：「好啊好啊！歡迎歡迎！」聲音裡難掩興奮驕傲。爸爸向來談笑風生，見慣大場面，對於媒體採訪顯得落落大方。

猶豫半晌，我繼續字斟句酌的說著：「關於叔叔的部分……，因為叔叔比較低調，所以只有提供照片。」

「叔叔？」爸爸的語氣有些微困惑，聲音一頓，大約有三秒鐘，「這樣啊……」然後，爸爸很快轉成理性的語調，說著：「那採訪叔叔就好了……。不然妳有兩個爸爸，讀者會搞不清楚……」

「爸！不會啦！」我趕忙接口。

我有兩個爸爸，不需要對誰解釋，我知道就好。

「就這樣說定了，我會帶雜誌社的人去找你喔！」掛下電話，我心頭湧上一陣沒來由的惆悵。

爸爸那三秒鐘的停頓，淡淡失落的語氣，像一顆小石頭，輕輕投進我的心湖，泛起片片漣漪。

這會不會是爸爸生命中意料之外的時刻？

也許爸爸這輩子都未曾想過，從女兒的角度出發，在我的生命中，足以稱為我父親的，除了他，還會有別人。

儘管我再怎麼小心翼翼，爸爸都必須面對，這十幾年來，與我生活在一起的人，不是他。

我不曉得，當年爸爸離開我的時候，可曾做過心理準備，將來會有一位男子，接受他的妻，成為我的父？

當有一天，旁人問起我的父親，爸爸竟無法那麼理直氣壯舉起腳步，往「父親」的寶座坐下，理所當然地大聲喊：「我是！」因為，下一句，要接的話竟是：「他也是。」

而這個「關於父親」的採訪，還是要從我的親生爸爸開始。

「妳與父親最有意義的地方是哪裡呢？我們可以請攝影師在那個地點拍合照。」

「嗯……，我能想到的，是小時候我常跟爸爸一起去山裡面釣魚……」

「深山裡喔，這畫面一定很美。……不過時間恐怕來不及拍，有沒有別的地點呢？譬如，妳小時候住的家啊！還是？」

我的家？

我的家，隨爸爸的部隊搬遷，小時候爸爸服軍職，即使有休假，也是匆匆來回，家裡幾乎都是老媽在管。

小時候的家已經不復存在，後來，老爸老媽離婚，爸爸另組家庭之後的家，是他與他太太的家，哪一個才是我與爸爸的家呢？

我困惑了，我與爸爸，已經沒有家。

「妳再想想，你們父女倆，有沒有最有意義的地方？總有你們常常相聚的地方呀！」

與老媽分開後，爸爸搬去台中，我與爸爸的世界相隔百公里。

爸爸來台北看我，多半相約在餐廳，我與爸爸的記憶，在不同餐廳滋長，在萬般香味裡醞釀。

火鍋店、咖啡廳、湘菜館、素菜館、餃子館、港式飲茶、鐵板燒餐廳，爸爸變成我約會的對象，定期相聚的飯友。

後來，爺爺往生，奶奶的日子以掃墓為責任、為樂趣，一年掃上五回不嫌多，每次總要號召一行人浩浩蕩蕩。

常常，我陪著我的爸爸，追憶他的爸爸。

難道，我與爸爸最有意義的地點是墓園？這恐怕要讓雜誌社昏厥吧！

「那麼妳印象中關於爸爸最難忘的畫面是什麼？」

最難忘的畫面……

啊，我想起來了。

最難忘的畫面，是那一天，爸爸絕然地提著皮箱出走，陽光灑在屋外庭院，爸爸的背影成了黑壓壓的翦影，貼在記憶裡寂寞的角落。

我忘了，爸爸有沒有回過頭，再看我一眼……

是那一天，爸爸西裝筆挺，英氣煥發，挽著新娘在休息室裡，新娘笑容燦爛，潔白禮服曳地，裙襬悠悠長長，將我隔在無聲無息的遠方。

我忘了，爸爸已經屬於另一個她……

是那一天，二十八歲的我首度有機會與爸爸連續九日朝夕相處，某天清晨起床，我湊進爸爸床邊，偷偷怯望著爸爸的睡容，才知道原來爸爸睡覺的樣子是這樣啊。

我忘了，爸爸可曾在睡前為我說過床邊故事……

我從來不敢問爸爸，他是否曾經遺憾沒有參與我的成長，或是他更慶幸終於擁有自己想要的人生？

就像我從來不敢問叔叔，踏上一條無人理解的道路，他是否曾經猶豫過？後悔過？

採訪進行到叔叔，星星已經燃亮黑夜。

雜誌社問叔叔：「對於父親這個角色，您有什麼想法呢？」

叔叔低頭沉思，好半晌，悠悠地說：「嗯……我沒有什麼想法，我沒有生過孩子，沒做過父親，也不知道爸爸應該怎麼當……。也不確定，我做的這一切，是不是稱得上父親這個稱謂？」

其實，做為兩位爸爸的女兒我，也相當不清楚「父親」這個稱謂的意義是什麼。

在生物學上，父親提供二分之一的染色體。

在社會學上，父親是擔負教養子女成長責任的男人。

從這兩點定義來看，我的爸爸是，也不是。

我的叔叔，不是，也是。

我這麼說，似乎也掉入某種偏頗，相較於許多同處一個屋簷下卻互不了解的父女來說，我與爸爸雖然身處異地，但時時聯繫，我成長的軌跡，爸爸還是明瞭的。而叔叔說他不知道怎麼當父親，但他長期付出的關懷與照顧，恐怕又要讓許多「不知道孩子讀幾年級」的父親汗顏。

「當初您是什麼樣的心情，加入這個家庭？畢竟……畢竟……」採訪者猶豫著下面的用字遣詞，我知道，她想說的應該是「畢竟這是有些不可思議，讓人難以理解的」。

叔叔在二十八歲那年認識老媽，老媽大他九歲。

在我終於也長大到二十八歲的年紀，易地而處思考，我實在不明白，斯文保守的叔叔，為何會在他年輕的人生時點，選擇這麼一條怪異曲徑、艱難道路？

至少二十八歲的我，沒有這樣的際遇，更沒有這樣的勇氣。

叔叔是上班族，未曾有過婚姻，他接收的家庭，卻有哥哥與我兩個拖油瓶，拖得響叮噹。

老媽不但年長叔叔九歲，失婚，後來罹癌，經歷一次又一次放射線治療。這一切，早已遠遠超越一個男人愛上一個女人那樣單純的浪漫情懷。

我不明白，真的不明白。

「當年，您應該遭遇過許多反對的聲浪吧？」雜誌社小心翼翼地問。

我望著叔叔，那也是我心中多年來掩藏的疑惑，叔叔「雖千萬人吾往矣」的勇氣，所為何來？

「其實，有一千個、一萬個理由，我應該離開。也有一千個、一萬個聲音，阻止我往前……」

「最後是什麼原因讓你選擇留下？」

叔叔的眼神深深望向我，一字一句緩緩吐露：「雖然一千個、一萬個理由，說服我應該離開……。但只需要一個理由，就可打敗這一切……」

「是什麼？」我與雜誌社不約而同追問。

「就是……愛吧！」

叔叔笑開了。

是啊！就是愛啊！再不需要更多的理由了。

就讓畫面停格在這裡吧！這一瞬間，只是時間長河裡微不足道的一個分秒，卻是那麼無以倫比的美麗。我將它配上蕩氣回腸的音樂，優雅地 fade out。

採訪結束後，我和叔叔兩人相倚，站在陽台上。

一輪明月高高掛在天邊，暖風輕送，飄來花草香氣。

我低頭俯視樓下，巷子裡幾個行人腳步匆匆，走在回家的路上。

對面公寓挨家挨戶燈火通明，每一盞燈光下，都是一個家，訴說著極其平凡，卻又無比獨特的故事。

「我真的覺得，我們……是很難得的緣分。」我緩緩說著。

月光下，叔叔慈祥地望著我，我掩不住心中激動，上前去大力擁抱他……

世間有千千萬萬對父女，因為天性延續愛而成立父與女的關係。也有千千萬萬對父女，因為婚姻契約而成為法律上的父與女。

但我與叔叔的父女關係，顯得更加單純。

生物學上，他沒有孕育我。

法律上，他不曾領養我。

婚姻上，他不曾迎娶老媽。

我們的父女關係，只因為愛而成立。

我的生命裡，有兩個太陽。

爸爸是夏日驕陽。亮麗驚人，充滿活力，他讓人驚豔，卻又讓人莫名的泫然欲泣。給人極度溫暖，又難保不會灼傷了肌膚。雖然愛這豔陽高照，崇拜他的燦爛光亮，欽羨他的來去自由，有時卻只能遠遠望著他。

叔叔是日出與日落的陽光，溫暖但不炙烈。他總是散發淡淡光輝，如薄霧一般輕拂大地。無論春去秋來，那怕海角天涯，日出日落的陽光都恆常溫柔。永遠不會失去日出，也不會沒有日落。他一直都在。

一個人一生中，擁有一個父親，是幸福的。

而我，比一個，又多了一個，是雙倍的幸福。

因此，我知道，當我跌倒的時候，會有兩個男人義無反顧伸出手拉住我，呵護著我。

生命裡有兩個太陽為我照路，我想，我的日子，無論如何，都該陽光普照、天天天氣晴。

# 婚禮上，爸爸們的小抄

完了完了，這下該怎麼辦好？我真的要辦喜宴了，我有一種大難臨頭的感覺……

小時候，家不遠處有間婚紗店，我常駐足在光潔明亮的玻璃窗前，幻想我會穿上什麼樣的婚紗……？小女孩的奇思謬想充滿泡泡糖的七彩光暈，浪漫夢幻，那時候的我從沒想過，有一天，當我真的要結婚，我只希望在平凡無奇的一個午後，和心愛的人手牽手，散步，去登記。不要提親，不要喜宴，沒有婚紗，沒有捧花。

因為，我的爸爸媽媽太多了……

提親，要跟誰提？生我的？還是養我的？

難道提親兩次？小鬍子可沒帶回兩個太太。

兩個爸爸，一個在台中，一個在台北，婆婆高齡七十多，我忍心讓她奔波，成何體統？

光想到提親的場面我就頭皮發麻，索性什麼都略過，直接登記。但先斬後奏之後，父母親仍殷殷渴盼著「看女兒出嫁」，一場完成父母心願的喜宴勢在必行，日子開始陷入水深火熱，我好似自己燒了一鍋滾水，眼睜睜看自己撲通一跳。

辦喜宴，雙方家長因為溝通不良造成嫌隙，時有所聞。

曾經聽說過這樣一場婚禮，雙方都是有頭有臉的家族，女方家長邀來「牧師」致詞，男方家長邀來「法師」致詞，最後牧師發言的時間比法師長，男方母親當場垮下臉，覺得一點都不受尊重……（喜宴就惹火婆婆大人了，這媳婦剛嫁過去的日子堪憂啊……）

幸運的是，婆婆大人生性淡泊，無欲無求，兒子本來是不婚族，多了媳婦是意外驚喜，她交代小鬍子一句：「薇薇家裡有什麼想法，盡量配合。」有這樣疼我的婆婆，我雀躍地跳起來，謝謝上輩子、上上輩子的我燒了許多好香。

但老天爺是很公平的，不用擺平這個，就要擺平那個。我要費心協調的「雙方」意見，竟然不是「婆家與娘家」，而是「老爸與老媽」！

從「主桌要坐誰」，就已經讓我一個頭兩個大。

老爸一聲令下：「奶奶、姑姑都要上啊！」

老媽隨即不甘示弱：「那母親這邊幾個舅舅也要上啊！母舅最大耶！」

老爸與老媽打了一輩子的仗，估計要在我的婚禮拚個勝負。

我差點負氣撂下一句狠話：「喜宴？等我找到可以容納五十人主桌的餐廳再說！」只

可惜我膽子不夠大，只敢在心裡犯嘀咕。

甫辦完喜宴的大學同學聽聞我的狀況，一把將我拎到他面前，臉上帶著浩劫餘生的表情，凝重地對我說：「這事很棘手，妳才剛起頭，根本搞不清楚狀況……」

「有這麼嚴重嗎？」我半信半疑。

「有！」他激動拍著桌子：「我搞過多少大型專案，獨獨就是婚禮搞死我！」大學同學現在可是官拜亞洲區經理人，三大洋五大洲，什麼難搞的客戶沒見過，所言應該不假，慘了慘了，這下真的該糟了。

「更何況，妳家狀況有些複雜，我用過來人的經驗跟妳說，妳不可能滿足所有人的期待，妳要搞定最難搞的那個，其他人，雖不滿意但尚能接受，就可喜可賀了！」

「誰是最難搞的那個？」我發抖請問。

「脾氣最硬的那一個。」他毫不猶豫回答，並且用一種「自求多福」的眼神同情地看著我。

平常我與老媽住在一起，老媽情緒不穩，沒安全感，我常被搞得七葷八素。但沒想到，這場婚禮，老爸才是最難搞的那一個！

老爸從高中開始讀的是陸軍官校，在部隊待了四分之一個世紀，軍中的思想滲透教育實在太成功，於是他同樣用「軍人武德」中「智、信、仁、勇、嚴」的五大德目教育我。

小時候，我跟老爸討了一塊錢，他以為我要存撲滿儲蓄，卻發現我買了一顆西瓜糖，老爸給我三十秒的時間辯解，不過就是貪吃嘛，我壓根兒沒說過我要存撲滿啊！是他自己對五歲女娃的人格有不切實際的期待，我哪裡說得清，結果他掄起拖鞋就是一陣打，他認為我完全忤逆了「親、愛、精、誠」的黃埔校訓。

退休後老爸有陣子幫忙阿姨管理安親班，最引以為傲的事，是把軍事訓練帶進幼童教育，守紀律、重秩序，每個小孩午睡醒來都要把棉被折成方方正正的豆腐干，整整齊齊擱在床頭，吃飯打菜要排隊，開動前還要集體呼口號。

老爸雖然有人老心不老的特質，六十多歲的年紀寫部落格、用智慧型手機、發 Line 跟我聯絡，但是，骨子裡一些傳統保守或荒誕的觀念，卻根深柢固。有次我們談到異國戀，老爸用奇怪的物種論強烈反對：「吉娃娃為什麼要去嫁大狼狗？」為此我們激辯得面紅耳赤！

因為是這樣頑固的老爸，籌辦婚禮的過程中，只要來電顯示出現「阿爹」，我的腎上腺素就開始飛漲飆高，他給我出一道一道難題，要我過關斬將。

我本想輕鬆舉辦婚禮，他偏偏慎重其事，「傳統上是怎樣怎樣」、「要怎樣怎樣才符合規矩」，絲毫不馬虎，每道程序他都有想像中的圖像，更可怕的是，有一天他竟想從台中專程上來，「我要跟妳媽坐下來好好談一談這婚禮細節。」他鄭重說道。

坐下來好好談一談？

我慌了！

老天，他們上回「坐下來談一談」，是二十多年前離婚的時候。

那一次，根本沒有「好好的」！

於是我嚇得淚眼汪汪一把抱住老媽大腿：「媽，拜託妳去跟老爸說一下，千萬不能讓他上來談親事……」我不敢想像這兩位恩恩怨怨糾葛一輩子的老人家會如何烏煙瘴氣地談我的「喜事」。我不想這樣出嫁……（掩面，泣……）

當娘的心是軟泥，老媽可憐我哭成淚人兒，總算拿出我從來沒有見過的氣度，她主動打電話給老爸，收起她一貫對老爸譏諷的語氣，四兩撥千斤地說：「結婚喔，他們年輕人自己高興就好，我一點意見也沒有，聘金、迎娶統統都不用，喜宴當天直接坐下吃飯就好，女兒過得幸福最重要！」老媽渾身散發著一股氣勢，我敬畏地瞪大眼睛，佩服得五體投地！

老爸沒輒，看似軟化，語氣鬆口不少。不過，當我提到婚禮上，「除了我婆婆一定會上台，還會邀請叔叔跟媽媽上台，阿姨跟你一起上台，大家一起向賓客舉杯……」

「什麼？」老爸打斷我，臉色錯愕，好像被重重一擊。

難道，他壓根沒有想過，舞台上除了他，竟還有別人？

「阿姨為什麼上台？」

「因為她是你的伴，而且老媽沒意見。」

「叔叔呢？」

「叔叔跟老媽是一對，本來就應該一起上台。」我理所當然回答。

顯然老爸不這樣想，老爸霸道地認為，婚禮，是他的場子！他計畫從台中包一輛遊覽車載親友上台北來慶賀，他的軍中同袍順道把我的婚禮當同學會，他更理應以主人之姿上台致詞，沸沸揚揚大聲宣布他終於嫁女兒了！但，明明結婚的是我啊！這是我的婚禮啊！

這個婚禮，我最想做的事情，是當著所有愛護我的親友面前，感謝養育我二十多年的叔叔。這麼多年來，我從沒有機會在一個正式的場合，認真誠摯地跟叔叔說謝謝，這是我的心願。

所以，除了老爸的致詞，我同時熱切邀請叔叔：「叮噹，可不可以請你在我婚禮上致詞？」叮噹是我慣常對叔叔的暱稱。

「嗯……，可是我不太習慣在這麼多人面前說話耶……，妳爸口才比較好，讓他講就好了。」叔叔客氣退讓。

「爸爸講啊！但你也要講！我的朋友都很想見你本人耶！」我緊挨著叔叔撒嬌。

「我不用上台沒關係啦！」叔叔保持始終的謙虛低調。

我只好正起臉色，慎重地懇求：「叮噹，我真的很希望我的婚禮你能上台說話，大家都知道叮噹對我最重要了！」

「這樣啊……」叔叔想了一會，隨即大方允諾：「好啊！只要妳覺得這樣安排是妳想要的婚禮，可以啊！」

叔叔就是這樣，一直默默支持我、配合我、縱容我。

有一年我跑去紐約流浪，無意間看了一場非洲鼓演出，整個人呈現失心瘋狀態，興奮打電話給叔叔，胡亂瞎說：「叮噹，我想要去學鼓，直接去非洲學喔！」

叔叔用深思熟慮的語氣，認真回覆：「這樣啊，那妳答應學校的授課要不要先緩一緩，等去完了非洲再說？……」

我每一個瘋狂的念頭，叔叔從來不曾覺得荒謬，他順著我的性子，務實地幫我思量那些妄想，在他可以幫助我的地方使力，即使很多時候，我只是一時興起、隨便說說而已……

老爸，這個婚禮不光是你的場，也是叔叔的場，叔叔那邊的至親，全部都來參加，叔叔同樣是嫁女兒的心情出席，和你一樣戴著主婚人的胸花。

如果你不願意接受兩個爸爸台北、台中各辦一場婚禮，那麼我們勢必要面對這一天：我有兩個爸爸，婚禮上，「新娘爸爸」的光芒，也將由兩個爸爸分享。

婚禮當天。

十一點，婚禮彩排。

我勾著小鬍子，站在地毯這一頭，準備走進會場，雖然只是彩排，心裡仍是忐忑。

我舉起腳走第一步，一腳踩到自己的裙襬，重心不穩，搖搖欲墜，糗！

「來，新娘，看我的腳，像這樣，走一步、停一步……」婚企老練地踏步給我看，腳步比我穩健多了！

「一輩子只走這一次，不要急喔，走慢一點！讓大家可以把新娘看清楚！」

其實我根本無法急，也完全走不快，華麗復古的大蓬裙千斤萬兩架在我身上，舉步維艱。再加上，我腳上踩著全新的高跟鞋，彆彆扭扭。我不會穿高跟鞋走路，單身的時候不會，結婚這天也不會開竅。

「記得喔！走一步、停一步。」婚企好有耐性地提醒。

好，走一步、停一步；停一步、走一步。

不知為何，想到電影「歲月神偷」的台詞，「鞋」字，半邊難，亦有半邊佳。

一步難、一步佳。

難一步，就佳一步……

曲曲折折的姻緣路，一步一步走來，我終於出嫁了……

婚企隨即轉頭提醒我：「現在請雙方家長來彩排一下喔，看看等下舞台上怎麼站？」

我忽然大夢初醒，衝口而出：「彩排？」我驚慌阻止，「不行，千萬不行……」

婚企錯愕，我趕忙解釋：「我是說，就算彩排了，老人家也記不得……」

「我擔心到時現場會有些凌亂……」婚企皺起眉頭。

「真的，沒關係，就讓他們隨意站，愛怎麼站就怎麼站，只要大家站成一排就好……」

婚企迷糊了，問：「可是這樣賓客會知道誰是男方家長、誰是女方家長嗎？」

「沒關係！」我趕忙揮手，冷汗直冒，「知道就知道，不知道就不知道，呵呵……」

「喔？」婚企看起來相當困惑。

我苦笑著。

這場婚禮，我花了半年過關斬將，已經將我搞得筋疲力竭，好不容易在喜宴前獲得暫時的和平，我一點也不想再搞出一個「彩排」打亂苦心經營的布局。

婚禮很快進行到第二次進場，果然如我夢寐以求，我終於在盛大公開的場合和叔叔道謝。

站在台上望著全場四、五百位親友，難掩內心激動，這就是我期待已久的時刻！

我緩緩開口：「老天爺知道我是一個麻煩的小孩，所以派了三位天使來照顧我長大……我的媽媽教會我生活的藝術、堅毅面對人生的態度；我的爸爸傳給我創作的天賦，教我做人做事的道理……，」講到這，我忍不住停頓，深深吸一口氣，希望眼淚不要掉下來，我的目光暖暖望向叔叔，真誠地說：「但是……我覺得，在這個世界上，真正教會我什麼是『愛』的人，是我叔叔……」

腦海中，那些與叔叔共處的畫面開始翻飛……

十三歲，蹺課，跳上公車去找叔叔，叔叔開導我叛逆的心情。

十五歲，氣胸開刀，叔叔微笑站在病房床簾外，對我揮手打氣。

十六歲，高中聯考完，老媽勸我乾脆放棄高中，去念商職順便工作，叔叔認為我該多念點書，因此我一路念了高中、大學、研究所。

二十歲，老媽罹癌，叔叔不畏風雨，牽著老媽一趟一趟往返醫院治療，不棄不離。

研究所，論文壓力搞得我常常胃抽筋，叔叔在漆黑的深夜騎著摩托車載我去急診。

出社會，每當工作、愛情低潮襲來，叔叔陪我在運動場散步，一圈又一圈，一圈又一圈……

淚水模糊的眼中，我看見叔叔沉穩地步上台……

今天他特別梳了紳士頭，皮鞋擦得晶亮，胸花端端正正佩在胸前，婚企將麥克風遞給他，叔叔緩緩開口：「……平常我是比較酷的人，從小到大很少有機會知道什麼是感動到想哭的感覺，今天我總算體會到了。……第一次見到薇薇，是二十二年又六個月前，那時候她未滿十四歲，是一個懵懂的小孩，她給我的感覺是充滿好奇心，隨時在探索這個世界。……平常生活中，她叫我叮噹、噹噹，不管她叫我什麼，我們的感覺就是一家人……」

二十二年又六個月啊！叔叔已經陪伴我，超過我人生一半的歲月……

這是我第一次看見叔叔在台上講話的樣子，溫暖有愛，講得好極了。台下揚起熱烈掌聲，現場賓客頻頻拭淚，連餐廳經理也紅了眼眶。不好意思，我不是故意要弄哭你們。

我一個箭步撲上前，緊緊擁抱著叔叔，眼淚熱滾滾流淌，謝謝，謝謝，謝謝你沒有逃走，謝謝你沒有嫌棄我是拖油瓶，謝謝你二十多年來毫無怨言照顧我們一家人。我內心更想說、卻說不出的是：「在我心中，你不光是叔叔，你是我爸爸！」

此時，我眼角餘光不經意瞄到了台下的老爸。
我希望我看錯了，老爸的眼中，似乎閃過一抹黯然。
好強的老爸啊，我……，哽著。謝謝你，也對不起。

人生很難，
也很美，
我懂了。

婚禮隔天，我急著看照片，催促哥哥把他相機連結到電視畫面，那閃閃亮亮的喜宴，一幕幕重現，花束、氣球、緞帶、雞尾酒、彩排、迎賓……等等，這是什麼？我停下手，歪著頭研究。
畫面上，是叔叔的側臉，他正低頭認真地在看著手上的小紙條。
我用手拍拍哥哥，好奇問：「你拍這張照片的時候，叮噹在看什麼啊？」
「小抄啊！」
小抄？我結婚他看什麼小抄？

我納悶，隨即腦袋一轉，心頭暖了起來，啊！竟然是小抄！

我以為叔叔是上台臨時隨意發言，沒想到拘謹的他竟然一絲不苟地擬了講稿。

當晚我瞇著眼，賊乎乎追著叔叔確認：「叮噹，聽說……，你有做小抄齁？被我發現了……」

「對啊！」叔叔靦腆承認，「我之前在公司寫好印出來，我怕一緊張就忘記了。」然後，叔叔接著說：「我在外面看小抄的時候，正好有一個人朝我走過來……」

「誰？」我問。

「妳老爸……」

「我老爸？」我緊張不已，「他在幹嘛？」

叔叔笑了出來，「他啊！妳猜他手上拿著什麼？」

「什麼？」

「小抄啊！我看見他手上也拿著小抄在讀……」

我多想親眼見證那一幕畫面。

兩個爸爸，互望著對方手中的小抄，錯愕，停頓，然後忍俊不住一同噗哧笑出來。

畫面開始倒帶。

我怎麼會忘記，準備婚禮的時候，為了製作成長影片，我打電話給老爸，詢問他當年離家時，一卡皮箱帶走的照片裡，可有我？幾天後，老爸寄來一個整理好的資料夾，從我呱呱墜地、到小學大隊接力摔傷、到大學畢業典禮、到我們一同出遊，老爸細心審慎地將照片按照時序一張張排列好，清清楚楚標明資訊。原來我一直都在。

我怎麼會忘記，出嫁當天，我偕同小鬍子回到奶奶家給祖宗上香。老爸感傷地從房裡走出來，手中揣著一塊珍藏多年的玉珮，親手為我佩戴，玉珮上面鑲刻著我的生肖。老爸緊緊握住我的手，慎重交給小鬍子，目光深深託付：「阿薇……以後就交給你了！」老爸眼眶一紅，哽咽啜泣。原來老爸的不捨藏得這麼深……

我也絕對不可能忘記，當天婚禮上，我與小鬍子走過地毯，步上舞台。主持人接著邀請雙方家長上台舉杯。在台上忐忑不安的我，清清楚楚看見了，老爸第一個起身，帶著笑容走向叔叔，他毫不遲疑伸出手，大方地邀請叔叔先上台。

我恍然了悟，有些人的愛在身邊。

有些人的愛說不出口。

我不知道老爸累積多少感謝去伸出這雙手，歡迎另一個男人在女兒大喜之日，與他一同分享「父親」這個寶座？又用了多大的氣度，看著女兒在台上激動表達對另一位爸爸無盡的謝意？

我一直記得我有兩個爸爸。

但我卻忘了，兩個爸爸都只有我唯一一個女兒。

倘若我無法切隔成兩半，就只能加倍努力當爸爸們的女兒。

老爸們，謝謝你們以為我傲，因為我也

深深地

以你們為榮！

註：你一定很好奇，爸爸們的小抄寫了什麼，我兩個都沒有親眼看到。叔叔的致詞很溫馨，老爸的致詞則有長輩的威儀，我格外記得他叮嚀「女人敢嫁要有量，男人敢娶要有種」。我有沒有「氣量」還不敢說，但小鬍子肯定是很有種的，娶一個老婆，附贈兩個岳父大人，背後有兩道目光虎視眈眈盯著他，不帶種，這日子怎麼混得下去喲！

# 幸福的起點

沒有一個冬天像今年一樣寒冷，大環境蕭條，日子似乎很難過，幸福彷彿很遙遠。到底要從哪一步踏下去，才會是幸福的起點？

一年之初，我想在新的一年，分享給你，我在前往兩場演講的途中，發現了幸福的起點。

這一天我要到南台灣演講，從台北到屏東，將是一段漫長的路途。

大清早，走向捷運站入口，我瞥見路邊有位賣花太太。冷風颼颼，這位太太穿裹厚重衣服，長長的袖套戴在手上，露出一小節手指。頭上頂著漁夫帽，胸前捧著一盤玉蘭花，孤伶伶佇立在行人匆匆的街頭，不知道站了多久。

我其實已經快步經過她身邊，趕著要進捷運站。但我明明看見她，實在很難當作沒看見。一念之間，我決定轉過身，再走回她身邊。

站在她面前，才發現，帽子底下，是一張重度灼傷、皮膚僵硬，無法顯露喜怒哀樂各種表情的面容。同樣地，藏在長長袖套底下的手指頭，也是嚴重灼傷的痕跡。

我壓抑住我的訝然，微笑地說：「我想要買玉蘭花……」

好不容易有客人，賣花太太趕忙招呼我：「這都是今天早上剛摘的，妳可以挑一下，挑漂亮一點的。」

「當然要挑啊！」

「我幫妳……」賣花太太低下頭，認真為我揀選，她拎起一串，說：「這串花瓣都沒有破，比較漂亮……」

「謝謝妳，我說當然要挑，不過，我想要挑比較不漂亮的耶！」

「啊？」她抬頭看著我，眼中透著疑惑，手懸在半空。

「漂亮的妳留著，妳可以賣給別人啦！」我笑臉盈盈地將她為我挑選的花換下。

賣花太太一愣，她的臉因為殘疾，讀不出任何表情。只見她低下頭，顫抖著手收下錢，低聲跟我說謝謝……

我輕輕呵護這串玉蘭花，玉蘭花跟隨我一路坐捷運、高鐵，來到南台灣。

「嘿！送給妳！」我將玉蘭花送給來車站接我的女士。

「啊？玉蘭花？」女士滿臉驚喜，歡天喜地接過，將它掛在車子中央照後鏡，微笑對我說：「這輛老爺車很久沒這麼香啦！掛上一朵花，感覺好很多！」

「這是從台北來的玉蘭花呢！」我將北台灣的花香，千里迢迢帶到南台灣，一朵玉蘭花連結起南北的緣分，綻放一朵花的微笑。

這是不是一個幸福的起點？

只是演講途中稍作停留，我只是買了一朵花，卻感受到好多溫暖。知道自己小小的付出可以讓人有小小的喜悅，對我來說，這一剎那便是幸福。

另一次，同樣是在前往演講的路上，這一天，我要演講的地點是一所高中。

我知道這所高中離捷運站步行可抵達，但是不確定方向，又怕遲到，決定搭計程車。不遠處，我看見有輛計程車等在路邊好一陣子，破破舊舊的，很難引起青睞。幾位乘客選了別台比較新的車輛，我走上前，原本，也想搭乘別輛計程車。又一想，人家等了這麼久，應該是生意清淡，我還是上車吧！

司機看起來是個老實人，粗布外套，花白頭髮，乾巴巴的手緊握著方向盤，臉上帶著風霜與抑鬱。

「司機先生，不好意思，我只有千元鈔，等下找得開嗎？」我禮貌地問。

司機淡淡地回我：「等下再看……」

車子行駛在街道上，司機問我來這所高中做什麼？我說我來演講的。車子進入一條熱鬧的街，司機順道為我介紹：「這就是這一區主要的道路。」才說完，又拐個彎，學校赫然出現在右手邊。

「其實很近嘛！」我探出頭，一邊望著溫馨小巧的校園，一邊掏出錢包，順口問：「司機先生，多少錢？我只有千元鈔，要不要去換錢？」

我話還沒說完，司機轉頭朝著我，慈藹地笑著：「不用了。」

「不用？」我大吃一驚，隨即喊著：「不行啦！怎麼可以不用！」

「沒關係，反正很近，就當作我順路回家。妳好好去為學生演講。」

「不行啦！」我趕忙翻著錢包，無奈裡面只有千元紙鈔，與銅板七塊。

「司機先生，你不能不收我錢，但是我只有七塊錢……」我困窘著，不知如何是好。慌亂中，忽然發現錢包夾層裡有一張百貨公司週年慶兌換來的禮券，面額是五百元，於是我問：「司機先生，請問你有太太或女兒嗎？」

他點點頭：「我有一個女兒，也在讀高中。」講到女兒，他枯竭的臉上露出欣慰笑容。

「那……這個給你！」我把五百元禮券遞給他，誠懇地說：「請帶你的家人去百貨公司買點小用品或吃吃小吃街……」

司機憨憨接過，看到上面的面額是五百，緊張地翻找口袋：「那我找錢給妳……」

「啊！不用啦！」我又急了！怕他塞錢給我，我趕忙跳下車，邊交代：「禮券有效期限到月底喔！請記得要在月底之前去喔！謝謝！謝謝！謝謝……」

「謝謝！謝謝……」司機乾巴巴的手緊握著禮券，也不斷跟我道謝。

只是一張週年慶兌換來的禮券，卻能讓平實的一家人，手牽手進百貨公司，感受美好的生活氣氛，這個畫面一想到就讓我動容。

關上車門，我的心頭暖洋洋。

這是不是一個幸福的起點？

我用禮券搭了計程車，買到一位慈祥父親為我無私的乘載，買到一個溫暖美麗的相遇。

這只是兩個生活裡微小的故事，卻扎扎實實讓我在冬天感到不寒冷。

這個世界或許沒有那麼糟。

傷殘但不退縮的賣花太太，背後一定有個故事，支撐著她在寒風中等待，兜售一朵朵玉蘭花。

面露風霜的計程車先生，無論生活如何艱難，想到家中妻女，便會露出微笑。

平凡的司機，街頭的賣花太太，人間尋常的百姓，便能夠帶給人微小幸福之感。

村上春樹把小而確切的幸福，稱作小確幸。

我相信，每一個渺小、細微的小確幸，都是幸福的起點。

多一點感恩，少一點抱怨。日子似乎沒那麼難過，幸福彷彿不那麼遙遠。

如果你希望幸福長長久久，那麼幸福就像一場長程馬拉松，你必須能夠時時感受到你的呼吸、你的心跳、你的溫度，這樣才能帶你跑得遠一點、久一點。

認真體會生活，感受愛，並且有能力將溫暖傳送出去，踏出這一步，我們就站在幸福的起點上。

新年第一道曙光，我想與你相約，站在幸福的起點，我們一起起跑！

# 沙漠裡，我想起……

天空是清朗的，蔚藍的色彩恰恰好是讓人舒服透澈的淡藍色。亮燦燦的陽光炙而不驕，幾縷雲絮輕飄在空中，悠悠淡淡。我穿過黃沙漫飛的小徑，走過仙人掌為路樹的大街，經過安檢人員查看隨身包包，最後進入火車站。

這一日，我準備從以色列南方的內蓋夫沙漠小鎮出發，前往大都市台拉維夫。

其實，這趟以色列之旅一年多前就該啟程，因為一個五十集長篇電視劇的創作，讓這個旅程延後了一年多，然而，這還是一個任性的旅程，我的劇本寫作接近尾聲但還未結束，旅程卻已勢在必行。我對電視台長官解釋：「剩下的劇本就在以色列某棵橄欖樹下，我一定要親自前往取回……」我一臉認真，電視台長官拿我沒輒，只有放我遠行。臨行前，我信誓旦旦保證，天涯海角我都會準時交本。

這一天，我在以色列，如期用依媚兒將劇本交出，果真信守承諾在離台灣時差六小時的沙漠裡交稿。故事進行到尾聲，我剛剛在劇本裡結束了一個女孩的生命。那個女孩叫做玉菁，在重考班裡補習的她只有一個夢想，她想當大學生，捧著書漫步在大學的校園裡，不幸的是，她在下課途中發生意外。因為肇事對方酒醉駕駛，玉菁在十九歲花樣年華的年紀因為一場車禍而凋謝。

故事裡，玉菁和我同一年出生。我，比她多活了好幾年，漂流過幾個國家，踏上她來不及探索的大地。之於我，這一日心裡的磨難難以忽視。我剛剛結束了和我同年出生的她的生命，自由自在拎著包包在異國旅行，明明同樣年紀，玉菁所不能達到的，我卻在此刻獨享，這樣一想，我內心浮現一絲悲傷。

車廂裡，陌生語言飄忽在耳邊，一群年輕女大兵身材姣好，穿著英挺的軍裝，細細笑笑窩在一起聊天，堅長的步槍靠在椅邊。還有三三兩兩乘客，互不相識，卻是熟絡地聊起天來，希伯來文充斥，我一個字也聽不懂。

我轉向窗外，火車正行在沙漠上，大地廣袤，土黃的沙地無邊無際，線條柔和起伏如胴體般圓滑，有一股溫柔而寧靜的力量蘊含其中。坐在靠窗位置的我，不能控制地，想到了另一個女子，我的朋友——堇。

堇要離開前一個月，給我打了電話，她聽說我在學跳舞，叨叨地跟我唸著，她也曾習舞，飛旋的瞬間總是讓人迷離眷戀，然而她憂鬱症纏身，嚴重失眠，莫名暴瘦，要站穩都很難，孱弱的體力再也無法旋轉。「不管啦！下次我們一起跳舞好了。」堇逕自下了邀約。

「嗯！」我虛應著，手邊處理公事，沒有留意到她言語中隱隱透出陰鬱不安。

早已無法飛舞了啊！原來菫的生命，已經步伐不穩、搖搖欲墜，可惜沒有人知道。

菫，和我同一年出生。她在剛滿三十歲那年棄世。

此時此刻，我握著手中的車票，又一趟獨自前往異域的旅程。沙漠、平原、矮林、流雲、天光，一一從我眼前掠過。我來到世界另一個角落，菫知道嗎？

每一回遠行，看見美得令人屏息的景致，我總是想起菫。好幾次我都想緊緊捉住菫，激動地質問她：妳真的看夠這個世界了嗎？妳確定再沒有任何眷戀了嗎？想要逃離這個世界的時候，我寧可菫買的是一張機票，而不是一條繩索。

菫、玉菁、我。三個女子，同樣的年紀，如今處在不同的時空。因為一個回憶、一個劇本、一場旅行我們交會。

除了我，另外兩個女子，一個是不小心離開了。一個是厭倦逃開了。

我們同時來到這個世界上，只有我還好好活著。

活著，與拋下，到底何者需要更大的勇氣？

生時麗似夏花，死時美如秋葉。什麼樣的姿態，才是如秋葉般繽紛而優雅，毫無遺憾地告別？

是的，我將衰老。

我將會一步一步走在年華逝去的路上，眼睜睜看著青春不再、皮膚發皺、老人斑滿布。不可避免地，我要接受人世悽涼、世事移轉，滄海桑田的惆悵。

就算我想撇頭不看，命運也會拉著我，要我親眼目睹人生裡殘忍不堪的種種片段。於是我要在人世的日子裡去經歷痛徹心扉的悲傷，去體悟當頭棒喝的心悸，去垂念悔不當初的懊惱。

比起玉菁和堇，我何其不幸。

然而，我又是何其幸運。

因為也只有我，可以看見世界在我眼前如萬花筒般變化萬千、驚喜連連。只有我，可以體察人世裡的那些黑暗卻有光的片刻。

只有我，可以感受生活中微小卻無限滿足的幸福。

只有我，可以穿著舞鞋，踏上舞台，舞動自己的旋律。

我望著窗外，火車早已越過荒地，我已經遠離南部的沙漠小鎮，即將來到熱帶海洋城市。五顏六色的花園，豐美的農作物一一在路景展現，以色列有著頑強的生命力，努力要在沙漠開出一朵花，創造不可思議的奇蹟。我相信每一個生命，都是奮力在荒蕪的人生土地上撒種、栽花。直到上天給我們的時間終了，那一天，站在花園中，我們會看見這一生的成果。

很快地，台拉維夫到了。

走出車站，熱辣辣的陽光不由分說湧上。高溫烈日，人聲鼎沸的車站，形形色色的人種、面貌、語言在我身邊此起彼落。我睜大新奇的眼，望著活力旺盛的城市。

驀地，我好似聽見一個微小的聲音在問我：「旅人啊！妳要往哪裡去呢？」

我回頭粲然一笑，然後我毫不猶豫大力轉身，走進洶湧的人潮裡，走進繁華的人世間。

那熱鬧的，又孤寂的；那華麗的，又蒼涼的，就是我要去的地方啊！

# 青春，一場冰風暴

國中畢業那一年，青春像一頭管不住的小獸，脫韁而出，她拉都拉不住。

她沒再升學，執意搬出家裡，與男友同居。一群年輕人，飆車、狂歡，以為這就是青春最燦爛的樣貌。

沒多久，她懷孕了，她覺得這就是愛的結晶，是上天給兩人相愛最美的禮物。

挺著五個月的大肚子回家，父母開門，一臉錯愕，卻還是慈藹地張開雙臂迎接。她喜悅地說：「我要把孩子生下來。」

肚子都那麼大了，父母默默無言，只有心疼地要求：「搬回家裡來吧！這樣爸媽好照顧妳！」父親開車載她回男友家打包，卻看見男友車後載著另一個女生，親親摟摟。

她當下決定與男友分手，頭也不回。

生產台上，父親、母親抓著她的手，陪著她陣痛。

孩子的爸爸沒有出現。

那一天，陽光是什麼溫度她已經不記得，但是，她心裡的冰寒永難忘懷。下腹每抽痛一陣，過往的荒唐回憶也跟著在腦海裡搖晃。問她後不後悔，她一點也不，只有看見父母轉身偷偷拭淚時，她感到歉然。

疼痛無限蔓延開來，滲入肌膚骨髓，她扯破喉嚨哀嚎，孩子終於呱呱落地。是個兒子呢！有和孩子爸爸一樣的眉宇，可惜孩子再也沒有爸爸。她以為兩人相愛最美的禮物，如今靜靜躺在她懷裡，只有她一個人珍惜。

就這樣，她成了十六歲的未婚小媽媽。

十六歲的未婚小媽媽，究竟是幸還是不幸呢？

以前的她，飆車衝第一，比誰都猖狂，死了也無所謂，世界上多一個我、少一個我，一點都沒差。

現在，望著孩子酣睡的笑容，像天使一樣無邪，散發著光輝。她忽然感到前所未有的恐懼，她開始怕死，怕不能照顧孩子長大，她可不想讓孩子沒有爸爸又失去媽媽。於是，十六歲的她，隨著孩子的落地，一起蛻變成長了。

她感覺自己應該對這個小生命負責。

她不再把放縱當瀟灑，她愛惜自己的生命，因為她知道她的生命連結著另一個生命，她不能再任性妄為了。

她認真地找工作養孩子，但是國中畢業的學歷，謀職不易。她曾經學琴，音感很好，於是她白天在餐廳當小妹，晚上在餐廳駐唱，假日教琴。為了賺更多的錢，她又轉做女子美容按摩，白天穿梭在女體裡，夜晚渾身痠痛抱著孩子唱催眠曲。

她還年輕，長長的頭髮、清秀的臉，身邊不乏追求者。

「這麼多人裡，總有一個願意真心疼我、愛我的吧！」她懷抱著希望。

沒多久，她接受一個男人的戒指，而男人接受她的兒子。她的孩子終於有爸爸，她終於有一個家，不再是未婚單親媽媽。

結婚典禮上，父親執著她的手，牽她走過紅毯。

「曠野上迷途的羔羊，總算還是找回來了啊！」父親欣慰地微笑著。

從此，他們一家三口，過著幸福快樂的日子。

如果故事是這樣結束，那麼觀眾都鬆了一口氣，這個青春古惑女的故事也符合一個浪子回頭金不換的歡喜結局。

偏偏，人生的劇本往往一波三折，有時候，比俗爛的八點檔更灑狗血千百倍。

婚後沒多久，男人忽然變了個樣，閒晃在家，開始吃她、喝她、花她、揍她。每次揍完她，就下跪痛哭，信誓旦旦要悔改，可是隔天的拳頭依然孔武有力。

她被揍得昏頭轉向時，常常有一種不真切的感覺，天地都在旋轉，世界瞬間癱瘓，她被遺棄在風暴裡，狂風暴雪無情打落，她拖著孱弱的身軀，白茫茫的世界，不知道要往哪裡去。

「我究竟做錯了什麼，需要這樣被對待？只因為我年輕不懂事，踏錯了步伐，所以需要這樣被懲罰？誰來告訴我，踏錯的步伐，怎麼樣可以再踏回來？」

昏漲的腦袋怎麼都想不清楚，拳頭持續不斷落下，不分清晨、黑夜。忍無可忍，她決定離婚，求男人放了她。男人惱羞成怒，威脅她的家人、孩子，甚至到工作場合恐嚇她。

連「家暴」兩個字都沒聽過的她，已經開始拿驗傷單、找律師、上法院。她從來不知道，套上美麗的戒指很容易，要拔下，卻是異常艱難。經過漫長的訴訟，她再度恢復單身。

傷痕累累的她，拎著皮箱，牽著孩子回家，父母開門，老淚縱橫，仍舊慈藹地張開雙臂迎接。

這一年，她才二十歲。這次，她成了失婚的單親媽媽。

如果她從此一蹶不振，如果她感到忿忿不平，如果她漸漸放棄了生命，我們除了惋惜，也或許一點都不會感到意外。

可喜可賀的是，她有著旺盛的生命力，這個青春劇本，一路走來狂顛不已，讓她摔得鼻青臉腫，但是她不服，她是女主角，她要扭轉她的人生，改變故事走向。

「我一點也不覺得我的人生就該如此！我的確是做了許多不聰明的決定，但是我有承擔錯誤的勇氣。」她說。

生命的腳步，如果踏錯了，就勇敢把它踏回來。

如果步步錯呢？那就步步回頭！一失足，不一定要成千古恨。

憑著一股不服輸的毅力，她白天工作，晚上念商職夜間部。之後，再升學四技夜間部，然後插班考入大學會計系，立志作一名會計師。求學路曾經中斷過，她不願再錯過，雖然走得辛苦，過程曲折，但是她甘之如飴。如今她的兒子讀小學，她在讀大學，母子都是學生，放學回家後兩個人一起做作業。

就在一份作業中，我看到她與兒子的合照。她說，兒子是她生命中的天使，讓她狂奔的青春，找到棲身之所。

「我相信我的人生會越來越好！被打得半死、被威脅的日子我都熬過來了，不會有更慘的時候了，接下來的人生只會更好！」她開朗地說。

「有沒有什麼我可以幫助妳的？」

「不用啦！我從進大學以來，每個老師、同學都熱心想幫忙我，其實我一點都不需要人家幫助啊！我兒子十八歲的時候，我才三十幾歲，前程似錦呢！」她仰著頭，笑著對我說。

青春的冰風暴過去了，雪融之後，無限的生機蠢蠢欲動，爭著要出頭呢！

# 看不見的光

這一天，萬里無雲。

這一天，陽光普照。

這一天和往常每一天沒什麼不同。

但是這一天，是他重要的一天。

也或許不久之後，他將知道，這個重要的一天，不僅僅牽動他，更牽動了一些人，一些他從來沒有見過面，但卻即將被他深深撼動的人。

早上十點，他出現在校園裡，穿得比平常更整齊。他腳步緩慢但篤定，很早就進了教室，如同往常一樣，走到第一排第五個位置，將他的手杖折疊收起，端端正正坐好，等待上課鈴聲響起。

為了這一天，他已經花了幾個月，整整一個學期的時間來準備。他雙手微微發抖，掩不住緊張的情緒，手中捏著一張稿紙，呼吸漸漸急促。

其實，他並沒有要做什麼驚天動地的大事情，不過是，他將在這課堂，站上講台對著台下一百多個同學，說話五分鐘。

是的，只是，說話五分鐘而已。

他是我的學生。

和一般學生的年紀一樣。

不一樣的是，他看不見。

他第一天進這間教室的時候，我正低著頭整理文件，一抬頭，他已經站在我身邊，他一直溫暖地對我笑著，但他的眼睛空洞，沒有光芒，看起來甚至有點失焦模糊。

我確定他是朝著我看，但我又不敢那麼確定他真的是在看我，而這麼溫暖親切的笑容是為什麼？難道他認識我？

「我們見過面嗎？」我困惑地問。但下一秒，我忽然猜到什麼，當下就後悔問了這個冒昧的問題。

「現在就是見面，雖然我不真的看得見。」他幽默地說。

就這樣，他成了我最特別的學生，成了……我的疑惑。

我疑惑的是看得見與看不見的學生，處在同樣差不多的年紀，是不是該有差不多的煩惱？不，我哀傷地覺得，他看不見，連一道光都無法感受，繽紛亮麗的色彩都與他無關，如果哀嘆人生是黑白的，還有誰活得比他更黑暗？

然而，放眼望去，看看其他的學生，似乎也沒有誰覺得自己的人生有彩色到哪裡去，每一個人，都有一段時候，莫名其妙跌進某個看不見光的狀態裡，幽幽暗暗，恍恍惚惚。

最常聽到的迷惑是：

「畢業後到底要幹嘛？我考不上研究所，也沒錢出國，但是要找工作，又不知道要做什麼，人生好茫然啊！」

「我的室友排擠我，我現在每天都好晚才回宿舍，也沒人跟我講話，我好孤單，一個朋友也沒有……」

「我父母根本不了解我，我想走的路，跟他們想的不一樣，他們為什麼要這麼霸道？作父母的不該尊重孩子的選擇嗎？」

「我男朋友他愛上別人了，我好痛苦，一直哭，一直瘦，我真的難過得活不下去了……」

看得見的人都看不見光了，那麼已經看不見的他，又看見了什麼？他有些什麼煩惱？同樣覺得自己活得不快樂、對現狀不滿意、對未來很茫然，哎哎喲喲、垂頭嘆氣嗎？

課堂上，他隨身攜帶錄音筆，將我講的話錄下來，回家反覆重聽。想讀一本書，必須要家人逐字逐句唸給他聽，別人幾小時讀完的書，他花了兩個月。光是學習就這麼波折，更何況是龐大的人生？

他是否比別人更有資格理直氣壯地去責怪命運的不公平？

許多我問不出口的疑惑，在他上台的五分鐘，我找到了答案。

一開始就說好只是一個隨意的談天，小小練習在一百多個人面前講話，不嚴肅，也無需有壓力，要聊什麼都行。但是，他仍然仔仔細細擬了稿子，起承轉合，小心翼翼，很守規矩的那一種。

「這不是演講，當做是談天，不用這麼正式，放輕鬆一點，自在地說你想說的話就好。」我鼓勵他。

「不行，我一定要帶稿子。」他很堅持，將稿子捏得更緊。

「好吧！」我沒輒。

我扶著他走向舞台，半環形階梯教室，坐著滿滿的學生，一百多雙眼睛盯著他，有訝然有同情有好奇有心疼。

台前準備好一張椅子，我牽引著他去觸摸椅子，他摸索到椅背，找到方向，緩緩坐下來。

從台下到台上，其實僅有約莫十步的距離而已，但他吃力地走了好久。

他坐得端端正正，背脊打得很直，雙手微微在顫抖。不一會，他又開口：「薇老師，我需要用兩隻手摸點字稿……」

「好，我幫你拿麥克風。」

於是，我坐在他旁邊，用手幫他支撐麥克風貼近他嘴邊，他的雙手遊走在點字稿上，凹凹凸凸的稿件公然呈現在我面前，卻是一張無字天書。

我知道，光是這個走上台、拉椅子坐下、雙手摸講稿的一小段漫長歷程，已經讓台下一百多個不曾在成長過程中接觸過盲生的同學，感到震撼。當然，也包括我，我的求學過程中，也很遺憾未曾擁有與盲生共同求學的經驗。

這間教室如今是屏氣凝神，連空氣的粒子都安靜，沒人發出一點聲響，觀眾帶著崇敬而認真的神情，在觀看一場神聖的演出。

他清清喉嚨，聲音有點艱難，語調有點生澀，但很認真地一個字一個字開始唸了：

……前一陣子，颱風來襲，新聞裡不斷報導著哪裡的房子淹水了，哪裡的樹塌了，哪裡的橋斷了，還有幾條人命喪失了。每當天災的時候，我格外覺得人的渺小。就是因為人的生命這麼渺小，才更要特別珍惜。

我看不見，但是我很慶幸我可以聽見風的聲音，我可以分辨出風吹起窗簾的聲音，和風吹過樹梢的聲音有什麼不同。我不但聽見風的聲音，還可以感覺光的溫度，我的皮膚就是一個溫度探測計。

有時候我聽新聞，新聞常常報導有人失戀就自殺，破產就跳樓，我總是不能理解。螻蟻尚且偷生，人為什麼要輕生？

當他說到「螻蟻尚且偷生」的時候，台下揚起一陣輕微的騷動笑聲，這是個對大家來說稍嫌正經的詞彙。

他繼續緩慢的摸著點字稿，相當注重抑揚頓挫，一絲不苟接著唸：

這個人不愛你，難道你不能給別人愛嗎？沒有錢，難道不能去賺錢嗎？我雖然看不見，但是我四肢健全，無論如何我都不會放棄我想做的事情……

他的五分鐘結束了。

台下的學生，竟有人拿出衛生紙，悄悄拭淚。

然後，回響開始一個一個熱烈地冒了出來。

「其實我早就知道你了，有一次，我在捷運上看見你，我當時很想走上前，跟你說加油，可是我好害羞。」

「我想跟你說謝謝，你讓我覺得，我還可以更努力，一點挫折好像也沒什麼……」

「其實你不用講稿，可以再大膽一點、奔放一點，我們相信你可以講得非常好……」

他的兩頰紅了起來，面對這麼多交流，他有些受寵若驚，臉上流露出掩不住的喜悅。

課後，他走來跟我說話。

「薇老師，我想告訴妳一個祕密。」

「什麼祕密？」我好奇。

「我為什麼堅持拿著講稿的原因。」

「好，你說。」

「因為我內心很害怕，我跟大家不一樣，當危險發生的時候，我看不見危險。這門課教創意，告訴我們要熱愛生活，要打破規矩，可是我只能選擇小心翼翼與墨守成規，我知道一旦跨過規矩與界線，我就會處在危險中，所以我沒辦法放下我的稿子……，沒有這張紙，我就會講不出話……」

原來是這樣，我拍拍他：「謝謝你願意嘗試在這麼多同學面前說話，你已經很勇敢地跨出一步了。」我又補了一句：「而且，很成功。」

他有點害羞，囁嚅著說：「薇老師，我從小沒有看見過別人，不太能感受別人在我世界裡的意義。我只知道要很努力地做好自己，我也一直以為，只要能顧好自己就好了，從來不曉得，原來我也有力量可以給別人帶來影響……。」他好似難以承受今日空前的回響。

我歪著頭想了一下，開口問他：「你剛剛不是說，你很能感受光嗎？」

「嗯！真的！像特異功能那樣，無論多麼微小的光芒，我都可以感受到！」他得意地點點頭。

「那……無論多麼微小的光芒，只要發光，就會有溫度的，是不是呢？」我笑著說。

他聽懂了，也笑了。那雙眼睛仍是失焦模糊，可是那個笑容卻清晰無比。

有些時候，光並不知道自己是光。

我看見一道光，這道光看不見他的光芒，但他確實在閃耀。

這一天和往常每一天沒什麼不同。

但是在這一天，我看見了：一道看不見的光。

# 夏夜晚風謀殺案

初夏的夜晚，台北市區的巷弄裡，一間饒富異國風味的庭園餐廳裡，四位女子附庸風雅吃著義大利麵，夏夜晚風習習，風中飄散淡淡雞蛋花的香味。茶餘飯後，清風明月，美麗的夜晚，四位女子正在進行的話題竟是：誰最該死。

四個女子分別是：

我，多重思考症候群患者，編故事維生。

仙姑娜娜，堪稱全台北最嬌媚的廟婆。

米蘭達，相夫教子、幸福美滿的家庭主婦。

羽菲，以前是空姐，如今是政黨高層的美艷機要祕書。

這場聚會裡原本還有一個成員，叫做羅葉，性格中性的網路女新貴，但她沒有出現。

曾經我們五個人，大學時代住在編號一〇八的女生宿舍裡，朝夕相處、同床共枕，我們自行號稱「閃亮五女子」。

「誰最該死」的話題開始得很偶然，隨意閒聊中，米蘭達問我，下半年有些什麼計畫？我回答：「我下半年想來寫個故事。」

「什麼故事？」

「可能寫五個女子的故事吧……」

「裡面有我們嗎？」米蘭達瞪大眼睛，一臉興奮。

「或許吧……」我說得不那麼肯定。

「什麼『或許』啊！這麼好的事幹嘛不早講！」羽菲用力拍了我，「哇，我變成女主角啊！」她用發夢一般的語氣嚷嚷著。

這可讓我苦惱了。

唉，我還沒透露這個消息的原因有兩個。

其一：故事是故事，現實是現實，我說要構思一個五女子的故事，但也不盡然就是我們閃亮五女子的故事，只能說，某些角色的特質，有閃亮五女子的某些影子，成分不高，而且，故事就是故事嘛！

其二：這不盡然是件好消息，因為我感覺，這個故事裡，可能、或許、大概有一個角色該死，但我還不能確定是誰……

不過，既然有人問起了，既然這是可能發表的故事，既然閃亮五女子裡面，可能、或許、大概有一個生命會被剝奪，那麼，我得趁著將來大家對號入座之前，做些什麼吧！免得到時候平地一聲雷，被砍死的可能是我。

況且，我要活生生殺死一個人，這可不是開玩笑的，我想，我必須善盡告知大家的義務，順便聽聽大家的意見。

忽然間，我們幾個人，集體參與一樁謀殺案，熱熱烈烈商量起究竟誰該死、誰不該死。

「讓羅葉死好了。」羽菲笑盈盈地。

「為什麼？」

「誰叫她沒良心，今天竟然缺席，難得的姊妹會耶！她沒來，死不足惜，活該！」羽菲掩著嘴笑，攏了攏她浪漫的大波浪頭，接著說：「至少，該死的不會是我，我才不要死哩！我活得快樂得不得了，還沒玩夠！」

這句話真的很羽菲，她一直異常樂天，魅力十足，追求者從沒斷過，向來是群體中的激勵者。

羽菲還沒笑完，仙姑娜娜打斷了她，悠悠地開口了，她用極為平靜的語調：「讓我死。」

我們全轉向她，娜娜眼中有著篤定的堅持。

「妳？」我訝異地問。

娜娜再次點點頭。

「為什麼？」

「我是仙姑，我該不該死，我最清楚。」

「那妳為什麼該死？」羽菲好奇。

「因為我很‧努‧力‧了！」娜娜有點激動，「對於人生，我真的已經……很努力了……」

「娜娜……」我望著她，內心有股心疼，一時語塞。

娜娜的家庭不是很穩定，父親中風病痛纏身，弟弟叛逆失業。父親是廟公，娜娜算繼承家業，年紀輕輕就成為廟婆，八字命盤、紫微星象，全都難不倒她。而她可沒有一點市儈老成的氣味，嬌柔面容，偶爾還透出一點純真。娜娜一路打工、養家、操心父母、擔憂弟弟，作為一個好女兒、好姊姊，她無可挑剔，鞠躬盡瘁。

「我的人生，到目前為止，不管好或不好，我都認了，至少我已經很努力了。所以，讓我死吧！我很想知道，在另一個世界，我可不可以過得快樂一點？」娜娜懇求地望著我，眼中充滿期待。

我有點不知所措。說實在，我沒想到一頓愉快的夏夜晚餐，會勾起這樣深沉的無奈。

就在此時，我耳邊飄來另一個堅定的聲音。

「讓我死。」是米蘭達！我不敢相信，竟是相夫教子、幸福美滿的米蘭達。

米蘭達斬釘截鐵再說一次：「我最應該死。」

我們都驚駭不已，為什麼？

米蘭達目前的人生，在世俗條件看來，已經好到不能再好了。

米蘭達上大學後遇見先生，兩人是班對，男方家境優渥，畢業後，男方家長出資讓兩人一同出國留學，一去就去了兩年，念書兼旅遊，兩人攜手天涯，跑遍大半個地球。

學成歸國後，一棟嶄新的別墅已經裝潢好，送給他們當婚後新窩，夫家愛屋及烏，公公還購置一間房子安頓米蘭達的寡母，讓她婆家娘家一家親。

米蘭達如今生了兩個健康活潑的孩子，公婆疼愛入心，先生呵護備至，一家和樂，米蘭達過著小貴婦的生活。

我們簡直想不透，這樣的米蘭達，為什麼想要死？

就在我們疑惑的當口，米蘭達忽然眼眶泛淚，她說：「讓我死，而且我希望是在我們全家出遊之後，讓我出車禍，讓我一個人死，只要留下我的先生、兒子就好。」

「為什麼？這樣他們不是很可憐嗎？先生失去愛妻？小孩失去母親？」

米蘭達哽咽著，幾乎無法開口回答。

仙姑娜娜怯生生地問：「米蘭達……妳……不快樂嗎？」

「怎麼可能？」羽菲馬上駁斥了這個猜測，說：「米蘭達過的是人人稱羨的人生！太幸福了！」

「就是因為太幸福了，所以我可以死了。因為只有我的人生到目前為止沒有遺憾。」米蘭達嘴裡說著幸福，眼淚卻止不住，大把大把流下來……

我們被她突如其來的情緒震住，忍不住都跟著紅了眼眶。

「米蘭達，妳不要這樣……」我低低安慰著，聲音啞了，拭淚。

「我不曉得我的人生還要追尋什麼？我太幸福了，現在就讓我死去，我都會微笑……」

不知道為什麼，我望著米蘭達笑著流淚的面容，竟好似看見一股巨大的失落。

沒有人會責怪米蘭達生在福中不知福。快樂、悲傷、沮喪、幸福，人生的各種滋味是相對比較而來，「一直不幸」與「一直幸福」，在某種角度看來，它都是一種缺憾。從大學開始一路幸福到無可復加的程度，也會讓人感到不安。

米蘭達已經不知道還有什麼事情可以讓她感到期待，什麼又會是悲傷的感覺？

當所有美好的事物，都垂手可得，失去為人生戰鬥的動力，到底為了什麼還要活下去呢？

到底誰該死？

不快樂的該死？還是太幸福的該死？

太努力的該死？還是不用努力的該死？

我到現在都沒有答案。

只是那個夜晚，那個當下，那個讓所有人都落淚的始作俑者，就是我。

因為這樣，我感到無比愧疚，我深深覺得，也許，寫故事的我，最該死。

# 公主養成訓練班

「薇薇，妳不要忘記我喔！」我懷中，有個女孩正緊緊摟著我。

「好啦！我知道啦！妳才去四個多月，不用這樣依依不捨啦！」我安撫地拍拍她。

她萬般不捨地離開我懷中，不一會，猛地，又再度大力撲上來！

「會不會我從國外回來，妳就不記得我了？」她梨花帶淚地望著我。

「不會啦！」我好言好語哄著。

在我家的客廳，我與這個女孩正上演著十八相送的戲碼。

女孩叫珂珂，二十多歲，大學剛畢業，即將出發去美國，在環球影城打工留學四個月。為了這趟她生命中第一趟遠行，她存錢存了半年，才有錢支付機票費。

珂珂是我課堂上的學生。皮膚白嫩，笑起來臉上有小小的酒窩，長長的頭髮染成褐色，眼睫毛又黑又長，洋溢著少女的青春氣息。比起同年齡的女孩，珂珂有一股難以言喻的稚氣，每回下課，她總纏著我講話，而且，始終一副過度亢奮的樣子，很容易就很激動，雙頰不時便染上緋紅。

不但如此，珂珂聲音細細柔柔的，很好聽，非常會撒嬌，嬌滴滴、甜蜜蜜的樣子，好像一個備受疼愛的小公主。我以為，她應該是出生在一個充滿愛的家庭，掌上明珠，被捧著長大的嬌嬌女。

但顯然我想錯了……

有一次放學，我要去搭捷運，不遠處正巧看見她遠遠走來，只是她走起路來一拐一拐，眼睛紅紅的，顯然剛哭過。

「薇薇……」她看到我，喊了我，聲音十分可憐。

「怎麼啦？」我問。

「我腳痛……。」

「扭到嗎？看醫生了嗎？」

「看了。」

「現在呢？趕快回家休息吧！」

「我不行回家。」

「為什麼？」

「我現在要趕去牛排店打工。」

我們相伴一起搭乘捷運，一路上的聊天，我才知道，珂珂在單親家庭長大，三歲以後沒見過父親。

媽媽後來遇到一位對她們很好的叔叔，叔叔照顧她們母女，讓她們經濟不虞匱乏，像父親那樣呵護著珂珂長大。珂珂都喊叔叔：「爸爸。」一家三口雖然不是血親，但仍算幸福和樂。

如果要說有什麼美中不足的遺憾，便是這個叔叔，同時也是別人的爸爸，他本來就有家庭的。

叔叔在幾年前生病逝世，髮妻這時才得知家外頭還有珂珂母女的存在。兩個女人為一個已逝的男人大打出手、吵鬧不休，珂珂提早面對人生的酸楚滋味。

媽媽因為長年受叔叔照料，幾乎沒有謀生能力，幸虧朋友介紹，才找到餐廳服務員的工作，偏偏這個職缺在外縣市，媽媽為了生計，不得不去。從此，珂珂一個人留在台北，獨居在北投，母女兩人每個月見一次面，來去匆匆。

所以，珂珂沒有兄弟姊妹，沒有爸爸，媽媽在外地工作，她一個人，自己長大。我心疼地望著珂珂，這個女孩眼神中始終透露天真與稚嫩，絲毫沒有一絲蒼涼老成。

珂珂落寞地對我說：「薇薇，有時候我好希望，我是一個公主，偏偏我不是……」

珂珂的大學是助學貸款，課餘在牛排館當小妹，再兼兩個家教，日子填充得十分忙碌疲累。

這一天，她哭，是因為她腳痛，但是不敢請假，還是要日復一日站在牛排館端盤子。

我可以為她分擔些什麼？我可以如何幫助她？直接給她金錢，但這不是一個妥善的方式，要收穫，先必須學會耕耘。給她魚，不如教她釣魚。

乾脆我來雇用她？給她一份工作？可是大部分時間我只是一個宅女作家，實在想不出有什麼工作可以讓她幫忙，想了半天，乾脆請她幫忙我更新部落格好了。

「珂珂，妳想不想當薇薇的小幫手？」

「超級想！」她點頭如搗蒜。

我的想法是，她一天花一小時更新部落格，學習簡單的內容編輯概念，然後一天閱讀一篇世界新聞，增廣見聞，而所獲得的工讀金讓她一個月可以少排幾天牛排館的勞力工作。於是，我在大學兼任講課的每月鐘點費，分給她。（別咋舌，如果稍微了解大學兼任講師的鐘點費有多麼低廉，就知道我出手並不闊綽。）

我們就這樣達成協議。

珂珂與我忽然拉近距離，互動密切，從課堂延伸到生活。

某天，珂珂來我家玩，剛進門就將襪子脫了亂拋，包包隨手亂放。那天，珂珂不想回家，反正她家裡也沒人，她鬧著要留在我家看ＤＶＤ過夜，於是她先去洗澡，洗完澡，換我進浴室，我看見瓶瓶罐罐沒有一樣歸回原位，洗個澡跟打了一場混仗一樣。

當晚，珂珂借了我的睡衣。

隔天清晨，我在廚房做早餐，珂珂進浴室梳洗，等我再回臥房，看見眼前的畫面是這樣：珂珂將睡衣隨手一脫就丟在床鋪，連翻回正面都不會。床上的棉被呈現一個隆起的洞，猜得沒錯的話，應該是人爬出來，跳下床，就懶得攤平。

我的媽呀！這個小女生！我一邊著手整理床鋪，一邊恨得牙癢癢。

珂珂很像是電影《窈窕淑女》裡面，那個讓人頭疼的街頭賣花女。怎麼樣可以在不傷她自尊心的情形下糾正她呢？

「啦啦啦～～」珂珂快樂的歌聲從浴室傳來，我正掩著鼻、手伸得長長，撿起她昨天塞在角落的襪子……

忽然，我想到了！既然她這麼想當公主，那我就用公主的品格來教育她吧！

早餐時光，桌上潔白的餐盤與刀叉，空氣中飄盪著鋼琴樂曲，有一點高貴的氣氛。

「哇！好像公主的早餐喔！」珂珂興奮亂喊。

「是啊！因為珂珂就是一個小公主啊！」太好了，正中下懷。

「真的嗎？」

「嗯！」我點頭，又接著說：「不過，還差一點點……」

「為什麼？」

「因為公主有著優雅的氣質，公主不會亂丟襪子。還有，公主睡醒以後，會將睡衣，整齊放好。」

「是喔！可是我在家裡也是這樣啊！」她一臉無邪。

「但是公主不行這樣喔！而且如果公主到別人家作客，還會幫忙把床鋪整理好。」

「是喔！可是我在自己家裡都不用折棉被耶！」當然，因為家裡只有她一個，她愛怎麼過，就怎麼過。

「但是珂珂，如果是薇薇到別人家作客，我會把借來的睡衣折好，也會幫別人把床鋪整理好，然後客客氣氣跟人家說謝謝。」

「是喔，我沒有想過這麼多耶！」她繼續少根筋地對我說，大氣都不喘一下，吼！我忍不住提醒她：「公主可以很天真，但是天真過頭就是無禮喔！」

有陣子，珂珂的工作態度漫不經心，讓我頗為不悅，有時候，她甚至會耍賴，請別人幫忙她做事。或者，她犯了過錯，嘮叨她兩句，她就撒嬌諉過，但是下一次一樣再犯。

終於有一回，我發火了。

「不要只會撒嬌！」我嚴厲地說。

「撒嬌不對嗎？我每次撒嬌，就會有同學幫忙我做事哩！」

「珂珂，妳長得很可愛，沒人會忍心拒絕妳，但是高貴的公主有能力給予，無理的公主只要求奉獻。只靠撒嬌，不培養實力，不會走得長遠。」

「喔！」她悶悶不樂。

「尤其是，不能每次犯錯都用撒嬌矇混過去！」

「可是撒嬌妳就不會生氣啊！」

「我只是當下沒有生氣，可是妳下次再犯同樣的錯誤，我就會很失望。」

「是喔！」

「撒嬌只會讓別人第一次的時候原諒妳，第二次的時候開始不信任妳。」

「是喔！」

「嗯，公主坦承錯誤，但也會優雅改過。」

「好吧！」她輕快地說。

後來，一個機緣下，我介紹她去文學性的出版社當工讀生，她不需要再用瘦弱的手端盤子了！

不過，頭幾天，她天天跟我抱怨，「這工作好無聊，都是書……。做的事情很瑣碎……，一下要聯絡作者，一下要跑郵局，沒事的時候總編輯就叫我看書……，那些書，都不是我平常會看的，好不想做喔！」

我跟珂珂說：「公主做事情，有堅忍的韌性，不會隨便就放棄。等妳做了三個月再說！」

「三個月！」她驚呼！好似嫌太久了！

我耐下性子，半哄半騙說：「珂珂，妳知道嗎？公主是有智慧的。智慧來自於知識，知識來自於閱讀。如果妳心裡頭有豐富的知識，妳就不會害怕猶疑。妳就會有一種氣定神閒的從容。那是一種只有公主才會擁有的，非常迷人高貴的格調喔！」

珂珂想了一會，眼睛骨碌碌地轉著，終於她妥協了：「好吧！三個月！」

三個月後，珂珂抱著我，紅撲撲的小臉洋溢著興奮，告訴我她有多麼喜歡在出版社工作，現在每天閱讀好多書，還跟出版社同事去看電影、逛展覽、參加各種藝文活動，好似看見了另外一個世界。

不知道為什麼，那一瞬間，她笑得好燦爛，我卻有種想落淚的衝動。只是這個淚水是喜悅，我忽然有一種，孩子長大了的感覺！但我其實只大她八歲。

珂珂，是我的學生。我的公主女孩。

在我認識她兩年後，終於這個女孩長大了呢！

她自己參加暑期海外打工的出國計畫，自己去報名、甄選、面試，學著買機票、訂機位、選行李箱。

她告訴我，她要勇敢踏出去，看看外面的世界。

「好啊！公主要去巡訪世界，進行國民外交囉！」我鼓勵她。

出發前，她在我家窩了整晚，夜深了，她即將離去，她說：「薇薇，我好愛妳喔！離開妳這麼久，我會想妳耶！」看，又開始甜言蜜語了。

「很快妳就回來啦！」

「我可以跟妳要一個東西帶去美國嗎？」她眼露哀求。

「好啊？妳要什麼東西？」

她在我家巡視一圈，終於她找到她要的東西了。

「抱枕？」我納悶地，「妳要我客廳的抱枕幹嘛啊？」

「薇薇妳都抱著這個抱枕看電視嗎？」

「是啊！」我說。

珂珂一把將這個抱枕摟進懷裡，死命緊緊地抱著。她誇張地說：「這個抱枕有薇薇的味道。可不可以讓我帶走？我要在美國，抱著有薇薇味道的抱枕睡覺！」

又在撒嬌了！

這一次，還用甜死人不償命的那種甜度！

如果，這世界上有一種公主養成訓練班，那麼親愛的珂珂，我的公主女孩，妳已經畢業了。

抱一個，我親愛的公主女孩！

妳的高雅與妳的出生無關。妳是公主來自於妳的涵養。

當妳有了公主的品格，那麼天涯海角都是妳的王國！

妳會發現世界多麼的大，每個人都可以在妳慈悲的胸懷裡承妳所愛，世界又多麼的小，小到妳一個人就可以自在。

我親愛的公主女孩，走出妳的城堡，走向世界遼闊的土地。

不用猶疑，無須恐懼。

無論妳何時回頭，會發現還有我，在這裡，對妳微笑。

抱一個，我親愛的公主女孩！

# 春心蕩漾後遺症

不知道從什麼時候開始，我的身邊曠男怨女紛紛冒出頭。

曠男怨女的感覺像什麼？大約就是元曲馬致遠的〈天淨沙〉寫的那種意象。

孤單的男子瞭望著前方寂寥的曠野，舉目所及是：枯藤、老樹、昏鴉。

孤單的女子憧憬著遠方美麗的景象，渴望擁有：小橋、流水、人家。

可惜啊！單身男女望望自己的身邊，冷不防一陣寒風吹過，落葉飄下，真不敢相信，周遭只有古道、西風、瘦馬……，內心不禁悲鳴著：這漂泊的生涯什麼時候才能結束？蕭瑟的季節什麼時候過去……

於是，一個一個曠男怨女就變成了「斷腸人在天涯」（忍不住掬下兩滴淚……）。

我身邊有一些這樣的朋友，三十歲上下的年紀，有過幾段感情經驗，不生嫩，算清醒。這些朋友都很優秀，起碼在工作上認真，表現不俗。人品上誠懇善良，有些還活潑大方，面對人生樂觀開朗。但他們沒有戀人，原因不明。這些朋友多半有固定的生活模式與交友圈，今天明天這樣過，如果沒有意外，明年後年大概也不會有改變。

要說他們眼光太高，他們覺得只是沒有遇到。生活圈固定，難以擴展新的世界。這些曠男怨女努力活得精彩，卻又難以掩飾對愛情既期待又害怕受傷害。

我實在無法容忍這樣低迷的氣氛。於是，春暖花開的春天，我決定來盛大舉辦一場春心蕩漾趴踢。不為什麼，就為我身邊一大群優質誠懇，但卻孤單的朋友們。我的邀請函是這麼寫的：

春天來了嗎？

春天來了來了。

在哪裡？在繽紛的花園裡，在碧綠的草原上，還是在你的心裡？

嘻嘻，我說，春天就在薇薇家裡！

來參加趴踢的人，必須帶禮物來交換。條件如下：

請帶一份九十九元以內，有春天氣息的禮物來交換。

至於什麼是春天氣息哩？你說了是，就是。

九十九，要讓春天的溫暖在心裡長長久久！

趴踢熱鬧成功，交換禮物的時候有人直接帶來一束新鮮的百合花，有人帶衣物香氛袋，是春天的香味。有人帶海灘鞋，帶《春之雪》ＤＶＤ，有人帶樂高玩具，因為童年是人生四季的春天，玩玩具可以回歸青春。還有朋友很曖昧地帶來帝王液，神祕兮兮拿出來亮相後，笑倒眾人。整個夜晚，春色十足。

一場趴踢不能改變什麼，可是生活裡，不需要連續八個週末都窩在家裡看電視。放假不用都是擦地洗衣、上健身房、進電影院。

閒暇之餘不要只會逗姊姊的小孩玩，天氣晴朗的午後不該只是出外去遛狗。

春天來了呀！總得走出門，才能讓春風吻上臉頰嘛！

這個春風，可能是一場愛情，可能是一段友誼，可能是生活裡一個新鮮的體驗，怡然的、明媚的、心花朵朵開的。

趴踢人群散去，我腰痠背痛在清掃房子時，我不知道已經有一陣春風，悄悄吻上了阿德。

在某個趕劇本到神智不清的夜裡，阿德突然來電。

「謝謝妳邀請我去妳家的趴踢。」

「不客氣啦！你小學流鼻涕的時候我就認識你了，不用這麼見外啦！」阿德是我的小學同學，目前在地方法院服務，渴望安頓下來，結婚生子，但他說他喪失愛的能力已經多年。

「為了感謝妳，妳出版新書的時候，我要買兩百本來分送親朋好友。」

什麼！兩百本嗎？

原本滿腦袋混沌的我，整個人忽然就清醒了。

「你確定？」我興奮不已。

「真的！」

哇！真是夠義氣的好朋友！同學沒有白當。

「我是真的很感謝、很感謝、很感謝妳，邀請我參加這麼有趣的趴踢。」他不斷重複著感謝，讓我實在納悶，我可沒有愛心募款，捐土賣地送給他。

停頓一陣後，他很慎重地說：「薇，我想，在妳家，我看到她了……」

「她？誰啊？」

「那個對的人。」阿德正經地說。

讓阿德心動的「對的人」，是我的高中同學。溫柔嫻靜，美麗有智慧，沒有男友已經一年。

「嘩！要是你們約會成功，你要買兩百本喔！」我開玩笑叫嚷著，阿德竟然很認真地回答我，「三百本！」

「此話當真？」我簡直樂不可支。

「君子無戲言！」過了一會，他有點難以啟齒地說：「不過，我想請妳幫幫忙，我很久沒戀愛了，實在不太知道妳們女生怎麼想的……」阿德上一次戀愛約莫是史前時代。

「那有什麼問題，你要是有什麼問題儘管來問我。女生怎麼想喔，問我就對了！」我誇下海口。

老天！其實我常常也不知道我自己在想什麼耶……

不過，我是很負責任的趴踢主人，春心蕩漾趴踢的餘波盪漾，我得負起全責才行。此後，每天我只要一上ＭＳＮ，阿德的訊息馬上丟過來，鉅細靡遺跟我報告他的心情轉折，包括：他的心跳、他的失眠、他跟她講話的語氣，當然還有，她的回應、她的用詞，甚至ＭＳＮ上她回覆他訊息的速度是快還是慢……。

我知道他很在乎，真的很在乎。

有一天，我正在計程車上趕著去開會，接到他的電話，十萬火急地問我：「我昨天晚上打電話給她，可是她的手機沒有接，那我今天還要不要打？」

「想打就打，不想打就不要打啊！」我莫名其妙。

「那我連續兩天打電話給她，她會不會討厭我？」

「應該不會只因為兩通電話而討厭你。」我的開會快遲到了……

「我約她這週日見面，可是她說她很忙，那是什麼意思？」

「就是……，她很忙的意思。」我耐下性子繼續回答。

他們出去過一次，去淡水看夕陽，還一起走過了漁人碼頭的情人橋。「薇，走過情人橋的時候，我都壓抑自己不要去提情人橋這三個字，怕她敏感。」

路上經過一間酒吧，聽見裡面歌者在唱歌，是戴愛妮的〈對的人〉。他覺得是老天爺放給他聽的，是個命運的徵兆。

那次見面後，女方在ＭＳＮ上禮貌寫了一句，「謝謝你帶我去看夕陽。」不到十個字的短短一句話，讓他感動到幾乎要哭了。

「心情放自然嘛！」我說。

阿德回我：「自然是指吃得下、睡得著，可是我吃不下也睡不著，怎麼自然？」

於是，半夜三點，他繼續在ＭＳＮ上敲著我。唉，戀愛的人是他，怎麼我跟著不成眠啊？

一個月過後，我簡直想要抓著阿德的肩膀，狠狠大力地搖晃他：拜託你給我放輕鬆一點！

我猜想阿德的心情，很像是在機場等待他的夥伴，等了很久，發現別人的夥伴都來了，他的卻遲遲未出現。忽然看見等候已久夥伴的身影，他狂喜得不知如何是好。又像是，一個離家過久的遊子，忽然可以接近夢寐以求的家園，那種近鄉情怯，不知所措的慌張。

「也許是我以為我的春天來了，所以迫不及待去把未發芽的花朵給拔了出來，沒想到美麗的花朵其實需要時間好好去灌溉生長，只能順其自然，急不得。」阿德沮喪地說。

因為很害怕春天真的來了，反而變得很不自然。冬天的衣服該不該收起來？今天出太陽，那麼明天也是嗎？些微現象就躁動不安，患得患失。

「你不要這麼苦惱了，要不要我幫你去探探她的意思呢？」

「不要不要！」他趕忙拒絕，「我想我無形中一直在給她壓力，還沒開始就把她嚇跑了。」

「她什麼也沒有說，也許沒這麼糟。」

「我知道是我自己搞砸了……」

「你不要這麼自責嘛！」我安慰著。

春天來了嗎？放輕鬆、放自然，春風吹過的時候，該是神清氣爽，不是神經緊繃。

如果這陣風不是你該擁有的，那麼你起碼應該感謝春風曾經吻上你的臉。

「遇見她，至少讓我知道，我心還是活的，原來我還是會悸動。」阿德釋然地說。

春天來了嗎？

來了來了，在哪裡？在繽紛的花園裡，在碧綠的草原上，在我的家裡！這陣春風從我家吹起，輕輕柔柔飄送出去，吹起一點興奮、一點喜悅、一點傷神、一點惆悵，我感覺有趣極了。

阿德怪不好意思地搔著頭：「這個月一直這樣煩妳鬧妳，我看妳以後不敢再熱情辦趴踢了吧？」

不敢？哼！真是小看我了。

春心蕩漾趴踢，還辦不辦？辦！辦！辦！

還有秋心蕩漾趴、夏日清涼趴、冬季暖暖趴……

一年四季，春天的溫暖都要在心裡長長久久。

# 吉兒的豪宅生活

吉兒是餐廳老闆娘，同時也是一位業餘畫家。她生性浪漫又帶著古代俠女的心腸，個性豪爽大方，敢愛敢恨，是很有個性的女子。吉兒三不五時就會吆喝我們這群朋友在她的小窩聚會。她總是費心為我們烹煮滿桌好菜，大家聚在一起大快朵頤，喝紅酒、聊天、聽音樂，欣賞她最新的畫作，不到夜半三更不散會。

吉兒的小窩位在城市邊緣的一間舊公寓，吉兒很有居家布置的天分，小巧的房子裡處處是驚喜與巧思。藤蔓、花朵，雅致的水晶燈，仿古的木桌，充滿靈氣的繪畫，妝點成吉兒小窩獨特的藝術風貌。我們愛極了這個空間，來到吉兒家，跟回家一樣自在。

近年來，吉兒戀愛了，對方是豪門。一番追求後，吉兒點頭答應結束餐廳的營業，搬出小窩，搬進千萬豪宅裡，成為豪宅女主人，學著過少奶奶的生活。

豪宅經由知名設計師設計裝潢，家具大多從國外訂購，耗費半年多的時間終於完工，一個週末，吉兒邀請我們去玩。

我與妃妃兩人興高采烈，迫不及待想要去見識豪門生活。才進門，「我快發瘋了！」迎面迎接我們的是一句牢騷，吉兒不滿地說著：「我受夠了這些人的嘴臉。」

我們一陣怔然，不曉得搬新家這樣的喜事，怎會惹得吉兒這麼火大？吉兒娓娓道來，我們才知道，原來，房子尚在裝修期間，吉兒就已經聲名大噪。

事情是這樣的，對於新家，吉兒親力親為，選材料、盯工程，絲毫不馬虎。某日吉兒叫了外送飲料想要慰勞裝修工人。吉兒親自下去領取，外送小妹來到一樓大廳，吉兒恍然想起自己的錢包在地下停車場，於是帶著小妹來到地下停車場。那天吉兒穿著涼鞋、牛仔短褲，脂粉未施，頭髮隨意挽起。

兩人才走到車邊，停車場的管理員氣沖沖地跑來了，伸手插腰，相當不禮貌地指著吉兒怒斥：「妳妳妳，妳是誰？妳以為這是妳們隨便可以進來的地方嗎？」

吉兒看到管理員頤指氣使的模樣，火氣上來了，大聲吼回去：「我是誰，關你什麼事！你憑什麼這樣用手指我！」

管理員又大罵著：「這裡不是你們這種人可以隨便進來的……」

吉兒一聽，更氣，：「什麼叫『這種人』！我告訴你，我就住在這裡，明天就要搬進來，你還有意見嗎？」

管理員大概沒料到吉兒竟是住戶，更沒料到會碰上比他更凶的。管理員摸摸鼻子，不敢吭氣。

「你現在就給我讓開！」吉兒將管理員轟走了。

不久後，吉兒搬好家，將房子整頓完善，她還挑選了一幅精巧的小畫，掛在門口門鈴旁邊的牆面。沒幾天，門鈴響起，是主委來了。

首先，主委為停車場管理員不當的態度道歉，吉兒笑笑說算了。然後，主委話鋒一轉，隨即表示希望吉兒把門鈴旁邊牆上的畫卸下來。

「為什麼？」吉兒一愣。

「因為對面的鄰居反應這幅畫會干擾到他的視覺，希望妳可以拿下來。」主委堆著笑臉轉達。

對面鄰居是某名人。

吉兒火氣又飆上來，她一把打開門，對主委說：「你要不要看看他的門上貼了什麼？」

對面名人的門楣上貼著一張符，七歪八扭的咒語，不知道寫些什麼。

吉兒駁斥著：「我的畫會嚇到他，他的符才嚇到我！」

吉兒把主委轟出去，關上門的瞬間，拋下一句話：「你叫他把他的符拆下來，我就把我的畫拆下來！」

就這樣，連續砲轟了管理員與主委，吉兒莫名其妙地紅了起來。

「這麼不愉快，後來怎麼解決？」

「主委不敢得罪對面的名人，不敢叫他拆下符咒，當然也不能叫我拆下畫。唉，後來主委帶著副主委一起來釋出善意，告訴我他們也是很懂得欣賞藝術，很尊重創作，所以希望我提供我的畫作，讓他們掛在一樓大廳美化環境，給大家欣賞。」

「妳答應了嗎？」

「答應啦！我都已經搬進來了，也不想弄得太難看。樓下掛的畫，我還特別選過，也算給主委面子。住在豪宅裡，就要適應豪宅的生活。」吉兒又補了一句：「入境隨俗嘛！」

「喔。」我回答。

吉兒看著我，半晌，好似想多解釋些什麼，緩了緩語氣，說：「不管過什麼樣的日子，都會有快樂跟不快樂的地方。我也已經老大不小了，總不能現在又叫我走回頭路，再去開餐廳吧！」

我環視這間華美的豪宅，天花板掛著奧地利水晶吊燈，客廳裡放著義大利設計的皮沙發、德國進口的音響，每個單品都充滿設計品味，精雕細琢，像住在樣品屋裡面。

畫架、顏料、畫筆，放在落地窗邊，從玻璃窗望出去，就是美麗的堤岸，夕陽餘暉，天空已是一片斑斕。

「你們相信嗎?你們來之前,我一整天沒說過話!快變啞巴了!」吉兒一邊開玩笑,一邊往玄關處走去。

玄關壁面內置一個大魚缸,裡面養著幾類嬌貴的魚兒,水世界造景優美,水草、珊瑚、假山在燈光下生機蓬勃,充滿藝術感,美不勝收。吉兒踱步到魚缸前,喜愛地望著那繽紛多彩的世界。

「這缸魚養得真美。」我讚嘆著。

「當然啊!花很多錢,請專業水族公司來布置的,水底造景要有藝術感,不容易維持,每週固定有人來整理。」說著,吉兒哀怨了起來:「現在家裡只有這一大缸魚陪我……」

對方事業有成,工作忙碌,不希望吉兒出去拋頭露臉,只要吉兒清閒地在家畫畫就好。偶爾,吉兒也會陪著出席一些晚宴、酒席。現在吉兒的行事曆裡面,排滿畫畫課、騎馬課、高爾夫球課,「不上課的時候我都在家,一個人好悶。」

感覺上,吉兒既享受這樣優渥的環境,又埋怨這日子的空乏。

「所以啊,妳們來,我最高興。」吉兒熱切地為我們張羅茶點,開始洗菜、切菜,準備為我們料理晚餐。

正襟危坐在名貴的椅子上,姿勢格外端正。價格不菲的餐桌上很快地擺滿好菜。我們謹慎捧著細緻高雅的餐具，小心翼翼，深怕撞傷了就糟了。

這一瞬間，我無限懷念起吉兒的小窩，在那個窩裡，歡笑無限，無拘無束。

聚會結束後，我與妃妃和吉兒道別，搭電梯到一樓大廳。我刻意尋找，一回頭就看到吉兒的畫作鑲著華麗的金色木框，懸掛在一樓大廳的牆面。投射燈打在畫上，畫面上幾株盛開的牡丹紅得好搶眼，好似怕別人不知道它有多傲人豔麗。果然如吉兒所言，是特別挑選過的畫作，富貴逼人，搭配富麗堂皇的廳堂，相得益彰。

「入境隨俗嘛！」吉兒的話語，飄在我耳邊。

推開大門，一陣冷風襲上。

「原來這就是豪宅生活……。」我頗有感觸地低語。

「妳是不是覺得，吉兒好像有點陌生？」妃妃問我。

我點點頭，忽然我想起什麼，興奮地拍了妃妃的肩，說：「妃，我發現『豪宅』跟『好窄』的發音好像耶！豪宅生活就變成好窄生活！」

妃妃白了我一眼，嘟囔著：「妳三八。」

我悻悻然，不再多說什麼。

妃妃反過來問我：「吉兒的豪宅裡，哪個地方讓妳印象深刻？」

我不加思索地回答：「那缸魚。」

「魚？魚有什麼好印象深刻的？」

「我在想……那些魚住在那麼奢華優美的環境，受到盡善盡美的呵護，內心不知道是受寵若驚，還是悵然若失？」

回到家，我撲上我的床，放鬆地呈現大字形，自在扭動我的身體。謝天謝地，我不是一條嬌貴的魚，不需要住在名貴的魚缸裡面。這一晚，我在我的小窩裡，自由自在地游啊游，游進溫柔的夢鄉裡。

# 世界在我們不知道的地方靜靜運轉

得知堇離開這個世界的消息，我正擺盪在一趟長期的流浪旅途中。

深秋清晨的曼哈頓街頭，天氣很差，時而吹起冷澀的風，時而下起飄飛的雨。濛濛輕霧氤氳，鴿灰色天空陰霾滿布。我背著沉重的背包，從一個地鐵出來，要轉搭另一段地鐵，並且要在低寒冷風中步行遙遠的路途才會到達巴士出發的地方。

前一晚，我因為堇的消息，徹夜無法入睡，怔怔望著天花板，眼淚無可抑止靜靜流淌。再也無法承受那滿溢的悲傷，索性早早換了衣服出門。巴士九點開車，而我不到七點就已經抵達。站在候車處，瑟縮著身子，將圍巾繞了兩圈，把鼻子嘴巴深深埋護起來。

聽說堇被發現的時候也是清晨。

暗鬱難明的天色下，堇孤單的身影懸吊在綿細的繩子上，輕柔的薄霧托不起她執意離去的決心，堇冰冷的軀體在霧中停擺，從此對世界緘默。

印象中，堇一向是白皙纖細，瘦小而靈性的女子。她寫作、跳舞，風采迷人，但是卻為某個不知名的人生困點所苦。我最後一次看到她的時候，她嚴重消瘦，體重竟不到四十公斤。

電影《靈魂的重量》說：「傳說人死亡時身體會消失二十一克。也許是一個銅板的重量、一隻蜂鳥的重量、一條巧克力的重量，也許也是一個人靈魂的重量。」

憂鬱症是堇一直無法逃脫的苦，負面能量緊擄著她，堇的憂鬱勢必是遠遠超過了二十一克，比堇的靈魂還沉重。啊，憂鬱重過於靈魂的堇，是因為這樣再也無法輕快地舞動在人世間嗎？

巴士來了，我緩緩上了車，揀了靠窗第三排的位子坐下。我的大背包，靠放在另一張椅子上。沒多久，車開動，一路往賓州的方向駛去，目的地是加拿大。

這正是楓紅的季節，我靜默地倚著窗，望著窗外乾淨的大道，車飛快前駛，路邊的楓林一排排婀娜多姿搖曳，山嵐迷霧繚繞，如詩般柔和的美好景致。我從來不知道，所謂的楓紅，其實不一定是怒放的豔紅，還有著光燦燦的金黃、迷晃晃的銀白，橘紅與赤紅交疊，明黃與駝金雜陳。

每一年，楓紅的速度都不一樣，氣候的冷暖調節著楓紅的時節，有些時候紅得早、有些時候紅得慢。每個地區楓紅的狀況也不一定，因此楓葉情報網站每天都會更新楓紅的即時狀況。

無論早晚，總是會有楓紅最美的那一天。

我望著山景迅速變換，讓人屏氣凝神的美景印入眼簾。禁不住，又潸潸然流下了眼淚。

如果堇看到這一幕幕楓紅怒放的美麗畫面，她會不會捨不得離去？她願不願意停留她的腳步，在楓葉林裡散散步，發現世界其實還有讓人心跳的美好？

翻越過幾個山頭，一幢幢遺世獨立的小木屋點綴在山窩，看似孤單寂寞，實則寧靜平和。

原來，過著不聞世事，不打擾別人，也不被人打擾的生活，也是可以的。

整日與雲霧和小船、草原與星光為伍，不需要都市繁華的一切，只是小鎮上的小木匠，也是可以的。

不汲汲營營功名利祿，謹守著一方天地，過著恬靜的生活，也是可以的。

各種不同的人生態度與生命風景也都各自怡然地上演。是這樣的，這個世界一直靜靜地在運轉著。

在我來之前，在我走之後，楓紅從來不因為我的去留而忘卻它的韻律。它在離我居住的島國上，遙遠的地球另一端，千萬年來靜靜繽紛。

蜷坐在車上，我凝望著寬廣無垠的天空，猜想堇的魂魄依偎在哪一縷雲絮？是更輕盈終於足以遨翔，抑或是徹底失重從此難以動彈？

我不知道一個人的靈魂到底有多重，但我知道生命的悲傷往往大於二十一克。如果生命中總是有那麼多無言以對的時刻，不如就暫時靜心沉默吧！如果愛不能給我們一條明確的道路，那麼請幫助我們去找到合適自己的路吧！這個世界從來是這樣的，一直靜靜地在運轉著，也許最美的那個一角落還沒轉到我們的面前，只要願意，我們可以轉動手中的地球，把眼前的幽谷，轉成另一片美地。

我也許只是大地的過客，但我可以是生命的主人。

堇帶著絕望的心情，走上宿舍後山的林地，走往陰冷潮濕幽暗的角落。她說這個世界不好玩，不如提早結束這段旅程。揮揮手，連再見都不想說。

而我多麼希望，就在那個時候，我能夠即時拉著她的手，穿過那個幽暗的森林，攬著她，奔往楓紅怒放的林野；再攬著她，轉向繁花似錦的草原。

我彷似可以望見堇那張蒼白的小臉上，開始有著淺緋的紅暈，一顆心撲通撲通跳躍著。

她轉過頭，興奮地告訴我：薇啊！原來，世界偷偷在我們不知道的地方靜靜運轉著、啊！

那許許多多的美好，正如春天萌發的嫩芽，等待我們睜開好奇的眼，一一探索去呢！

# 我所不懂的事

多年前丹佐華盛頓和伊森霍克合演一部寫實的警匪片叫做《震撼教育》，英文片名是《Training Day》。我沒看過這部電影，卻一直記得《Training Day》這個片名。

以前軍中也有震撼教育，聽說是在砲火連天中匍匐前進，頭上有實彈射擊的壓力，壕溝裡隨時有爆炸場面，雖然都是造假的，但是仍會搞得人心肝脾胃全駭得一陣扭曲，晚上睡覺即使在寂靜的夜裡，耳邊依舊響著轟轟砲聲，揮之不去。

一週七天裡，也有一天是我的 training day。

當我仗著我的娃娃臉到大學講課時，原本是洋洋得意的，我享受著虛榮的讚嘆：「薇老師，妳長得好口愛喔！」、「薇老師，妳根本像學生嘛！」我喜孜孜地接受這些諂媚與奉承，自我陶醉不已，但後來很快地，我就發現苗頭不對，我白嫩的臉經常一瞬間變得慘白，笑容不自覺變形，夜闌人靜的時候不時覺得心肝脾胃沒一處對勁……

這一切，因為我不懂、因為我迷惑、因為我有問題、因為我真的不了解……

我的學生是時下所謂的七、八年級生。

每次進課堂，我捧著一堆教材上課，然後抱著一堆疑惑下課。

我以為我該是個發號施令的人，但是大多數時候我在槍林彈雨中匍匐前進，扎扎實實感受學生給我的 training day，砲聲隆隆地對我轟炸，讓我驚愕不已、瞠目結舌。

說來慚愧，閃躲能力極差的我，這陣子，便又被狠狠擊中了三發子彈。

第一發，一位學生寄來依媚兒，信件標題用醒目的符號特別註明：〈緊急＆重要！！〉，我緊張地趕忙把信點開，原來這位學生他要去參加研究所的甄試，希望我幫他寫推薦信，而且，十萬火急，他寫著：

「薇薇薇薇薇薇老師在不在呢？（可以想見果然情急！我的名字就急切地喊了三遍）我要去甄試研究所，希望老師可以幫我寫推薦信。老師今天在不在學校？我拿我的資料給老師看，最好老師已經知道我是誰……」

我看完信，有點傻眼。

首先：寄信日期是二號，我看到信已是三號，他說七號之前要寄出推薦信，那就是六號要寫好，也就是，三天內，我得搞清楚他的狀況，並且寫好信、裝訂好、交給他。

再來，我當然不會在學校，我並非專任講師，我的時間每週只容許星期一去學校熱情講課，這是開學就跟學生說清楚的。而同學福至心靈想要見我的那天不是週一，似乎他想見，我就該理所當然地出現。

最後：他希望我最好已經知道他是誰。老天！最好我真的能知道他是誰！我班上有一百四十個學生，這堂課一週見面兩小時，如果這兩小時裡，他是窩在角落沉默的大多數，課後也不曾與我有過互動，我若能即時在一百四十個名單裡精準猜出他是誰，那我應該也能猜出下一期樂透的號碼……

第二發子彈。

另一門課「現代文選」的課堂上，有一組同學要上台報告，當週的主題是「家與家人」，指定閱讀的書單上有兩本書，甫開學便已經告知學生，請他們提早準備。

兩個月後，這組三位同學上台報告，手中拎著薄薄的一張紙，滿不在乎地開口：「薇老師，我們找不到書，我們這組三個同學都沒有看過指定閱讀，所以我們自己隨意找了別的東西來回應……」

我瞪著大眼，這份書目兩個月前就已告知，兩本書既不是古老絕版書，也不是艱澀難讀，就算真有困難，也該在課前提出商量，我實在無法接受同組三人竟連一本都沒讀過……

「咦？薇老師，這樣不行嗎？」同學一臉無辜地問。

「你覺得呢？」我反問，語氣透著一絲轟炸過後的淒涼，氣如游絲。

第三發，也是一封依媚兒，短短的只有幾行字，但是轟炸的威力依然不容小覷：

「親愛的薇老師，聽說明天要交期中報告了耶，但是我完全不知道期中報告要做什麼耶，妳可以回信告訴我嗎？謝謝妳唷～」同學語氣故作輕鬆可愛，但我的表情已經扭曲不堪……

我只有回信：「親愛的同學，期中報告要交的東西已經說過好幾次了耶，明天就要繳交，妳今天才寫信來問我，不嫌太遲了嗎？如果我要把作業內容再解釋一次，可能我要洋洋灑灑寫封萬言書……。」（我內心ＯＳ是：那乾脆薇老師幫妳寫作業好了！）

看到這裡，不論你是三、四、五、六、七、八幾年級生都好，如果你讀出一點苗頭，看出一點端倪，擁有一些解釋，多希望你告訴我，因為，這都是，我所不懂的事……

我不懂，關於自我意識與尊重他人，他們與我的差距有多大？

也不懂，一個人的學習態度，還有做為一個學生的責任感，他們與我是不是有著迥異的認同價值？

記得有一次，一位學生缺席多堂課，來找我求情，一臉欲言又止。我緊張兮兮，怕他遭遇遇重大變故，有難言之隱，於是忙將同學拉到一邊，滿臉慈藹地問：「同學，你這麼多次沒來上課，是發生什麼事情嗎？」

同學拖了半天，吞吞吐吐地開口了：「薇老師，都是『妳上課時間』跟『我打工時間』相衝，我也很為難耶！」

請注意，他用的是「上課時間」跟「打工時間」相衝，言下之意，都是這門課開課時間不對，害他沒辦法安心打工。

我試圖耐下性子再問（其實心冷了一半）：「但一開始你就知道上課時間，你既然選了這門課，為什麼打工的時候不避開上課時間呢？」

他辯解，「可是我是選課以後才突然決定去加油站打工的。薇老師，加油站可以選擇的時間就只有幾個時段，偏偏妳的課就跟打工時間相衝，我也沒辦法，我也是千百個不願意啊……」說到底，他都沒問題，問題是出在課程的時間錯了，當一個學生的責任感並沒有喚起他該有的學習態度，糟的是他似乎沒有意識到這一切。

我內心的 OS 又來了，親愛的同學，薇老師也是在你決定不斷曠課之後，才忍痛當掉你的，我也是千百個不願意啊！

許多人戲稱七八年級生為「草莓族」，說他們抗壓力低，重視個人自由大於群體權益。我個人對於隨意將人分類，並且擅自貼上標籤這樣的行為感到相當不以為然，每個人都該被當作獨立的個體來尊重才是。

可是我要如何說服自己，我目睹的這些狀況？

一個大學生選了課，卻無法負責任地來上課，來上課卻不能遵守時間。好不容易姍姍來遲，但餐點、飲料，窸窸窣窣不離手。晚到同學大搖大擺從台前走過，管你台上是同學、老師還是校長。愛來就來，愛去就去，頗有千山我獨行，老師不必相送之感。講課中途，哆拉Ａ夢的歌聲響起，以為自己在做夢，猛然才驚覺是手機在唱歌。幫同學印好講義，還有人上前詢問，老師怎麼不順便裝訂？

這些，都是我所不懂的事……

當然，我所不懂的，還包括我，我也不斷質疑自己：

當學生的時候我也會蹺課，為什麼當老師的時候，我就希望學生不要蹺課？我是這麼偽善的人嗎？我不過比學生虛長幾歲（還有學生當兵晚讀，竟與我同年），我的人生有高明到哪裡去嗎？誰不是在成長的路上跌跌撞撞？我現在不也常摔得四腳朝天？

我不喜歡以老師之名行威權之實，也不喜歡故作溫情拉攏學生，我討厭倚老賣老（何況我又不老），我受不了聽教，更懶得教訓人，我同樣崇尚自由，並且視展現自我風格為人生最高境界，我要以什麼角度自處？

可是，我竟然是老師了，哪怕一個星期只講課幾小時，在那短暫的交會裡，我還是有責任義務去告知些什麼吧？關於態度、關於尊重、關於體諒、關於自律，這些教科書裡沒寫的，但是我覺得很重要的一些思考……

於是，震撼教育 training day 一天天過去，有一天，在我被轟炸得天旋地轉的時候，我開口了。

還記得那是某學期的最後一堂課，我若是不這麼血氣方剛，依然能夠穩坐同學心目中「暖活公主」（別說我往臉上貼金，這可是學生自己說的）的寶座，但我顯然是被炸得眼歪嘴斜了，當著一百多個學生的面，語重心長：「親愛的同學們，你們是所謂的七年級生，也是所謂的草莓族，有一天當你們畢業出去工作，難免你會遭遇到四五六年級前輩的眼光。他們也許會先入為主的評價你，說你抗壓性低、態度漫不經心，而且過度以自我為中心。」

同學們聽著，頗有感同身受的委屈。

我繼續說著：「如果遇到這種狀況，你可以做什麼？」

同學們面面相覷著，也在思考解決之道。我說：「你可以用口語去辯解，你可以解釋很多很多，也可能非常激動憤慨，彷彿承受莫大的冤屈。但是你說得再多，卻可能引來更多的質疑。因為你還沒有用行為證明你不是草莓族，沒人願意相信你的語言，除非你先用你的態度來澄清。

於是，你還可以這麼做，你可以選擇閉嘴，然後埋頭苦幹，你也許不夠聰明，但是你很肯學習。你也許還不適應環境，但是你兢兢業業。

你的態度，最終會決定你的高度。你的高度又為你帶來氣度。最後你會越來越好，更上一層樓。」

同學們頻頻點頭，但我真正要說的，是後面這一段：「但是親愛的同學們，事情也許不會這麼圓滿，薇老師最害怕的是，如果這些偏見與臆測都說中了呢？

如果你真的就是態度漫不經心、抗壓性低、自我膨脹，那時候該怎麼辦？

如果你真的是向來我行我素，以為全世界你最大，進辦公室還奇怪桌上怎麼沒為你備好一壺熱茶，那怎麼辦？你還能夠理直氣壯地責怪是這個世界誤解了你嗎？」

台下一片鴉雀無聲，從沒看過笑嘻嘻的薇老師這麼嚴肅，而我顯然越講越激動了。

「人與人的互相尊重，不是最基本的公民教育嗎？

認真努力的態度，不是學習的最起點嗎？

這些我以為應該存在的價值，卻是我現在不懂的事……薇老師很迷惑，你們可以為我解惑嗎？」

下課後，我為自己情緒激動感到不好意思，一位同學同情地望著我，拍拍我，哈拉哈拉地說：「唉喲！薇老師，妳不要太介意啦！現在大學生都是這樣啊！妳不要太大驚小怪啦……」

我、我、我……唉。

是我太大驚小怪了嗎？

好吧！那就放輕鬆吧！就算是在震撼教育裡匍匐前進，也一定可以有優美的姿勢吧！

於是，有一位同學總是躲在角落，帶耳機聽ＭＰ３，我在他的作業後面與他商量：「親愛的同學，下次上課，薇老師可不可以邀請你的兩隻耳朵一起出席呢？」

還有一位同學，兩堂課中她永遠第二堂課打鐘才靦腆出現，學期末，我特別買了一個手掌形狀的玩具送給她，我說：「手掌是愛的鞭策，薇老師要指正妳總是沒來上第一堂課。但是，手掌也是愛的鼓勵，薇老師要感謝妳至少還有來上第二堂課。」

最近一件事。

一位大四延畢生學生寫信來，洋洋灑灑好長一篇，文中苦情陳述他的家境清寒，逼不得已只好打工度日，但賺飽了金錢，才發現荒廢學業，假如我當了他，就會害他面臨退學的命運。而他一定要畢業，因為他還有雙親待奉養，必須如期畢業掙錢養家……

我同情他的家庭處境，但是我不懂這樣的學習邏輯。

這位學生整學期沒出席，他沒來上課，我卻要承擔害他被退學的罪名？

可他若真是家境清寒、勤奮孝親，我忍心讓他無法畢業嗎？

但真要給他分數，我該用什麼標準？一封信就可以抵銷整學期的曠課，說得過去嗎？再一想，學生怎麼可以把他的難處轉嫁來為難老師呢？大四延畢生，二十多歲的成年人，不該有更成熟的態度嗎？

我求救於助教，助教輾轉幫我問了那位同學的系上辦公室，才發現他大學四年來是累犯，上課難見蹤影，陳情書倒是寫了不少（該是同一版本，只是替換科目寄給不同老師）。

知道真相，我難免哀傷，但，那標準化的陳情書，再也勾不起我廉價的同情，我打開Outlook，寫下了我的回應：

親愛的同學，恭喜你賺到你要的金錢，但是「人生有一得必有一失」，你賺到你的打工，就失去了這門課的學分。

說「失去」也不太貼切，因為你從沒來上課，未曾從這門課獲得什麼，既然你沒有得到，所以也不能算失去。

你也許是我課程註冊單上的三個字，但不是我課堂上的學生。

薇老師既然什麼都沒有教給你，知識的轉移沒有透過學習存在，所以我也沒有辦法把不存在的學分給你。

若你要問我，會洩氣嗎？才不會呢！匍匐前進久了，我可是練成一身好功夫。我所不懂的事很多、很多，未來也許還有更多、更多，但我在一次又一次的training day裡，漸漸能夠將轟隆隆的砲聲當成是重金屬搖滾樂。

當然，我得強調，大部分的學生是天真而活潑，如果硬要稱七年級生為草莓族，那麼你看看以下的留言，就會知道他們果真如一顆鮮嫩多汁的草莓，多甜、多蜜，多麼讓人溫暖到窩心。

「上薇老師的課，一定必備錄音筆與衛生紙，每次都太感動了。」（同學，衛生紙是因為你感冒要擤鼻涕吧？）

「薇老師，我從五專轉到大學，讀了七年的書，一向都是蹺課大王，只有妳的課，我一堂都不願意錯過。」（咦？是因為我課堂上的辣妹比較多嗎？）

「薇老師，妳的課是我大學四年來最難忘的課喔∼∼」（好啦好啦，有沒有這麼諂媚啊！）

「薇老師，妳是正妹！又會教書又熱情大方的正妹！正、正、正！」（咦？我不是有圓圓的嬰兒肥嗎？我一直以為我是圓的，原來我竟是正方形的嗎？）

你瞧，這些甜言蜜語，讓我被轟炸得慘白的臉，總算漸漸恢復血色，不用蘋果光的烘托，就有粉嫩的好氣色！

你問我怎麼這麼好打發，三言兩語就心花怒放？哎喲～～不管你是三、四、五、六、七、八年級生，都該知道一個教科書沒教，但是恆常不變的真理——女人是全世界最好哄的動物嘛！

# 感恩節的奇蹟

你相信奇蹟嗎？

我相信，而且我目睹。

那個故事，發生在某年的感恩節。

感恩節那天，我受邀參加一個家庭聚會。

那時我隻身在紐約，沒有親朋好友，一個人孤伶伶遊走在陌生的城市。聚會裡，我還是孤伶伶，沒有一個認識的人。這幢木屋別墅像童話故事一樣夢幻美麗，客廳裡燃起暖暖爐火，溫馨動人，可是我身處異鄉，又在人生的茫點裡，總覺得與這樣幸福的氣氛格格不入，自己打從心底先彆扭起來，失落惆悵的感覺強烈湧上我的心頭，揮之不去。

有一瞬間，我幾乎要不知感恩地埋怨好心邀請我來的主人……

這個家庭裡的小孩一人抱著一台筆記型電腦盤據家中一角，聽音樂、玩遊戲、秀照片，不亦樂乎。

我靜靜倚坐在餐桌一隅，默默地喝著飲料。

餐桌旁是大片落地玻璃，窗外落葉輕飄，白雪迷濛，我人在屋內，卻好似可以聽見院子裡雪花飄落的聲音。

這時候，有個女生朝我走過來，她微笑地拉開椅子，坐在我身邊。

「很冷吧？紐約的冬天。」她問。

「嗯，凍壞了。」我說。

她叫妮娜。

從她的外型，我很快判斷她是韓國人，妮娜披著一頭黑長髮，性感單眼皮，纖瘦時髦。她穿著緊身牛仔褲、墨綠色大毛衣，耳朵上懸掛兩個銀色大耳環，帶有自信的風采。

我很想多和她聊些什麼，可是鬱鬱寡歡的心情讓我一時間找不到話題，只有微笑不語。

妮娜坐在我身邊，也不刻意寒暄，也不急著好奇詢問一堆問題，只是陪我凝望著窗外的白雪繽紛。

一陣緘默後，倒是我先不好意思起來，想到韓國戲劇近年來在台灣非常受歡迎，我轉頭對她說：「我常看韓國的戲劇節目。」

妮娜笑著看著我，然後禮貌地回我：「對不起，我沒有看過韓國的戲劇，對韓國的戲劇文化一點也不熟。」

「妳不是韓國人？」原來我猜錯了嗎？

「就種族來說，我應該算是韓國人，不過我三個月大的時候就來到美國，所以對韓國的事物一點也不了解，」說到這裡，她頓了一下，接著說：「在來到美國之前，我是個棄嬰。」妮娜說這句話的時候，沒有顯露出哀傷的情緒，只是輕描淡寫在述說一個事實。

倒是我，沒預料會聽見這個樣的回答，怔怔地望著她。

妮娜毫無芥蒂，大方地繼續說著：「我是被美國夫婦收養的孤兒，我很小的時候就知道這個事實。」

「養父母沒有等妳成年才告訴妳嗎？」我以為，收養家庭都會等到小孩長大懂事，能夠理智理解的時候，才會告知真相。

妮娜搖搖頭，「不可能等到成年才知道，因為我是黑頭髮，他們是金頭髮；我的眼珠是黑色，他們的眼珠是棕色，我的外表和我的父母長得完全不一樣，我怎麼可能是他們的小孩？這是顯而易見的事實，所以我很小就察覺我的身世異狀。除了我，她們還收養了另一個韓國女孩。」

原來這對美國夫妻結婚後一直無法生育，他們決定收養別人的孩子，愛別人的孩子如同自己的一樣。於是來自兩個不同育幼院的韓國孤兒，同時被收養，從此沒有家的孩子有了家，沒有親人的彼此成了姊妹花。

「妳難道不想知道妳的親生父母是誰嗎？」

「非常想，所以在我十三歲那年，美國媽媽安排一段好長的假期，專程帶我到韓國，回到當年我的育幼院去找尋我的親身父母。院方很熱心為我翻出陳舊的資料，文件上只有注明我是棄嬰，其他什麼線索也沒有，父不詳、母不詳，根本無從找起。

美國媽媽知道我的沮喪，接下來的日子她帶我在韓國進行一趟長長的旅行，我們沒有任何計畫，只是漫無目的地在韓國的土地上移動，媽媽說讓我接觸這一片孕育我生命的國度，希望可以彌補我內心的遺憾。」

「那麼旅行還順利嗎？」我問。

「旅行順利，可是我的心情一直不順利。我陷在深深的沮喪裡，我一直想不透，為什麼我的親生父母不要我，他們有什麼困難？他們難道不會想念我？他們生我卻不要我，為什麼還要把我生下來？有一個聲音一直在我心中嗚噎哭泣著：我是被遺棄的小孩、我是被遺棄的小孩、我是被遺棄的小孩……，畢竟那年我只有十三歲，這種強烈受傷的感覺實在無法釋懷。

然而一路上，美國媽媽很有耐性照顧我怪異的脾氣，撫慰我、鼓勵我，每天晚上哄著我入睡。

漸漸地，我想不透的事情改變了，我不去想為什麼我的父母不要我，而是去想為什麼美國夫妻要收養我？為什麼有人不要他自己的孩子，有人卻要去撫養不是自己的孩子？為什麼他們要對我好？我跟他們一點關係都沒有，甚至連人種都不一樣……。

要返回美國的前一天晚上，我們住宿在一間小旅館裡。即將離開韓國了，對這個又熟悉又陌生的地方，我不知道要用什麼心情道別，我出生在韓國，可是這次離開後，再也沒有任何令我眷戀的理由讓我回到這裡。

我才十三歲，還不會處理自己的情緒，最後一天的晚上，我胡亂發脾氣哭了出來，我歇斯底里大聲喊叫：我不知道我是哪一國人，我連我自己的爸爸媽媽是誰都不知道……。」

說著說著，妮娜自己輕輕笑了出來，「現在想想，當初的舉止真的幼稚，不過，能叫十三歲的小孩如何成熟面對這麼艱難的局面呢？」

「當妳大哭大叫的時候，美國媽媽怎麼安撫妳呢？」

妮娜深深吸了一口氣，面容感激地回答：「美國媽媽難過地跑過來，她將我緊緊摟在懷裡，持續不斷輕拍我的背，然後她對我說了一段話，讓我到現在都無法忘懷。」

「她說了什麼？」我也非常好奇。

「美國媽媽說，我出生在大地上，就是大地的小孩，什麼國籍、什麼人種一點也不重要，整個世界就是我的父母。然後她問我，這段日子喜不喜歡跟她一起在韓國旅行的感覺？我抽抽噎噎回答我喜歡。

於是，媽媽告訴我，如果我是大地的小孩，那麼她就是陪伴我行走在大地上的旅伴，她會一直陪著我，直到有一天，我想一個人旅行為止。」

妮娜說著，眼中柔和的光芒讓我那麼震撼。

「那一趟旅行，我沒有如願找到我的親生父母，可是我卻意外找到了愛的感覺！」妮娜肯定地說，「如果不是因為我是棄嬰，如果不是因為被收養，我恐怕不會相信世界上有這樣無私的愛存在，我恐怕會把許多事情視為理所當然，不懂得珍惜。」

妮娜大學畢業後，在知名服裝公司做事，是一位高薪時髦的紐約上班族，不過假日閒暇時，她常在育幼院當輔導員。

「我非常感激養父母對我的教養，他們讓我受教育，讓我有知識與能力去選擇我未來的人生。一開始是他們選擇了我，後來是因為他們當初的選擇，才能成就現在我的選擇。」妮娜這麼說。

奇蹟是，不可能發生的事情。

對妮娜來說，視別人的孩子如己出，是不可能發生的事情，但她已經身在其中。

會不會這個世界原來就充滿了奇蹟呢？

所有我們以為不可能發生的事情，其實不斷在這個世界不同的角落上演。

在我們的生命裡，依然有那麼多人，在我們交會的時候，給予我們奇蹟：暖冬的熱茶、迷惘時的醒語、困阨時的救濟，旅途中陌生人的幫助。

金凱瑞主演的好萊塢電影《王牌天神》（*Bruce Almighty*）裡，摩根・費里曼飾演的上帝在片中說了一段話，大意是這樣：唉，身為萬能的上帝，世間人們老是希望我可以施展神力為他們做些什麼，每天每天都有人不斷來向我祈求奇蹟，但是，恕我直言，在我看來，所有的奇蹟，其實都在人們自己身上。

一個單親媽媽刻苦做兩份工作還要抽出時間陪孩子練足球，那就是奇蹟！

如果你找我要奇蹟，不如去看看你身邊的奇蹟，或是，Be the miracle!

這一年感恩節的奇蹟有兩個。

渺小的，如同我在異鄉寒冬中被一個故事溫暖。

偉大的，如同美國夫妻收養兩個韓國棄嬰。

Thanksgiving，感激所有恩賜的一切。

我忽然發現，原來奇蹟無所不在呢！

註：美國的感恩節在冬天，它的由來大概是這樣的：

西元一六〇二年九月，因為宗教理念的不同，因為憧憬更美好的未來，有一〇二個人登上一艘木造船——五月花號（The Mayflower），展開一段冒險旅程。氣候是最糟糕的冬天，海上風狂雨暴，低溫與霧氣讓人心力交瘁。一番波折後抵達了美國麻薩諸塞州（Massachusetts），但登陸後苦難並沒有遠離。荒涼陌生的貧瘠土地讓人沮喪，每日每夜從大西洋上吹來的凜冽寒風刺人入骨，冰天雪地裡，這一群千辛萬苦而來的尋夢者，只剩下五十個人存活。

後來，一群當地的印地安人發現了他們，給予他們物資、幫助他們求生，於是新移民開始學習在新土地建立自己的家園，有了豐收與喜悅的生活。他們舉辦晚會慶典，深深感謝印地安人的幫助，也感謝老天的眷顧，感謝天地的賜福。

一八六三年，林肯總統把感恩節定為國定假日。

到一九四一年，美國國會通過法令，把感恩節定在每年十一月的第四個星期四。

Thanksgiving Day，在這一天，每個人都要感激他所獲得的一切。

# 你是不開花的種子嗎？

很久以前曾經聽過一個小小的寓言故事，有兩顆種子一同被埋在土壤下。

有一顆種子生氣勃勃地想著，馬上我就要破土而出，我可以感受陽光灑在臉上的溫度，我可以在春風裡舞動搖擺，我可以大聲地和鳥兒比賽唱歌，我可以……我可以……我可以做很多事情，只要我——破土而出。

另一顆種子舒適地窩在溫暖的土壤裡，想著，我才不要發芽，我靜靜待在這裡，一切好得很，我才不要冒險哩！如果我努力往上鑽，石頭可能會傷了我的莖，如果我冒出嫩芽，可能會被蟲子吃掉，如果我開出美麗的花，可能會被摘掉……。我何不好好窩在這裡，做一顆溫暖的種子就好？

如果你是一顆種子，你選擇開花，還是不開花？

我在大學開了一門課，叫做「說故事與創意」。每學期會有一百四十個青春可愛的年輕生命與我相遇，開學第一天我總是會跟同學說明這門課有許多分組討論，所以很快就會進行分組活動。

「薇老師，要怎麼分組？」同學拋來問題。

「由薇老師我來分。」我平靜地說。

通常此話一出，台下馬上哀鴻遍野，像神經反射一樣精準。

「不要吧！老師！」、「開什麼玩笑啊？拜託啦！」果然，同學唉唉叫著，臉上的表情一個比一個扭曲。

我睇了一眼，幹嘛啊！不過是分個組，有那麼嚴重嗎？

「為什麼不要讓老師分組？」我問。

「很麻煩耶！」

「不會啊，讓我來分，你們完全不用傷腦筋，是老師我比較傷腦筋耶！」我說。（真的，一百多個學生，來自不同領域、不同系所，每次分組我都很頭疼。）

「可是要跟不認識的人同一組，就……就很麻煩嘛！」同學又唉。

「那怎樣比較不麻煩？」我又問。

「讓我們自己分組啊！」

「為什麼要自己分？」我鍥而不捨。

「找自己認識的同學比較方便啊！」

「為什麼比較方便？」好啦！我是一個問題很多的老師。

大抵來說，同學希望自己分組的原因有：

跟同系同學在一起做報告，開會時間比較好敲定（最好不但同系又同班，作息都一樣）。

不想跟陌生人一起做報告，感覺很恐怖（外系人如同外星人）。

沒有跟別系的同學合作過，總是覺得有點怪（唸程式語言的跟唸唐詩宋詞的就是覺得品味不對）。

我清清喉嚨，大聲宣布：「嘿嘿，各位親愛的同學，關於你們的心聲，薇老師都聽見了……」

台下七嘴八舌的騷動總算平息，大家扭曲的表情漸漸柔和，嘴角微微上揚，以為一切如願所償。

我吸口氣，繼續說著：「但聽見了不表示聽進去，點頭不表示答應，所以親愛的各位同學，關於你們方才大聲吶喊的請求，薇老師在此宣布，一併不—接—受！」

「哎喲——薇老蘇——」台下又一陣譁然，同學們痛苦地口齒不清，變成台灣狗語了。

我得承認，大多數的人都習慣一動不如一靜，我們對於熟悉的事物比較有安全感，對於新嘗試難免感到害怕與麻煩。要承受心裡的波折、新事物的體驗、新觀念的衝擊，好累啊！所以，如果能夠，同學依舊習慣處在各自的小圈圈裡。

中文系仍是黏著中文系吟詩作對，經濟系堅持巴菲特是唯一的偉人，資工系始終關心電腦大於人腦。單領域的思考模式總是少了一點讓人心跳加快的什麼。

如果生命的畫版上，永遠使用同一種顏色的塗料，怎麼能夠畫出美麗的彩紅呢？彩虹可是有七個顏色組成的呢！紅、橙、黃、綠、藍、靛、紫，就算塗塗抹抹真的畫不精準，那麼意外融合成橄欖綠、莫內藍、蘋果紅，也是不錯的色彩呀！

你的紅色，配上我的藍色，竟然可以變成紫色，這不是一件很奇妙的事情嗎？

由我來分組，有沒有發生什麼有趣的事情呢？

當然有。

有一年我接到一位畢業的女孩寫信給我，她寫著：薇老師，寫信來是要跟妳分享，我戀愛了……

故事竟是從分組開始。那年，女孩跟男孩被分在同一組，他們各自有男女朋友，因此除了一起做報告，沒有私交，課程結束也就失去聯絡。

畢業一年後，失戀的女孩獨自走在熙來攘往的台北車站，忽然有個人喊出她名字，回頭一看，竟是男孩，好巧不巧，男孩也是失戀中……

於是，往日分組報告的默契與熟悉，讓他們迅速墜入愛河，這可是我始料未及的呢！所以呀，打開心胸，認識一個新朋友，誰知道緣分的帶領下，未來，他會是你的誰？分組活動由我獨裁介入後，課堂活絡起來，但，光認識組上的幾位組員，好像單薄了些，幾年下來，我野心更大了，總覺得，這樣還不夠……

我希望大家認識更多同學，更多人，更多不一樣生命，更多不一樣的思考。認識人，保持對世界的好奇，是多麼重要。

學習對人的友善與關懷，又是多麼必要。

於是，今年，我突發奇想，出了一份作業，這份作業必須要花一整個學期的時間來進行，那就是——交、朋、友、進、行、曲。

全班一百多位同學，必須要在一學期四個月內，至少認識三十個同學。學期末，交出他們交朋友的紀錄。

除了認識一個人的星座、系別、興趣，養什麼寵物、吃什麼餐廳，你還能認識什麼？你對什麼好奇？你有沒有問問題的能力？你怎麼破冰？又怎麼與人取得連結？

為了交作業，同學硬著頭皮都得要找人「哈啦」、「聊天」、「鬼扯淡」。他們結黨營私，自己在臉書設立地下祕密社團，整學期我隱隱覺得這一百多個人私自感情加溫不少，課堂上常常爆出我不懂的笑梗，一直到學期結束，老師我榮幸取得「入社資格」，加入他們的臉書社團後，我發現版上真是熱絡。

「交朋友」變成大家的暗號、密語。

「今晚有沒有人要交朋友？」

「八點，夜巴黎，不見不散。」

「徵求兩位紳士交朋友，目前已經快要陣亡。」

看著他們的互動，讓我也好懷念我的大學同學們。

交朋友，商場上的定義叫做「人脈」。但是我始終不是很中意這兩個字，總覺得裡面摻著利益的成分。朋友就是朋友，尤其在青春的歲月，朋友單純是一種美好的聚合，花整夜陪你療傷止痛，不為你的訂單，只為你的笑容。

當然我不諱言，若能培養出真誠與人互動的能力，出了校園，自然可以在職場上獲得好人緣、覓得好工作，不過，咳咳，現階段，就讓我們為朋友而朋友吧！

如果身邊充滿好朋友，那麼我已經看見，多年後，當你走進ＫＴＶ，點起〈朋友〉這首歌，看著歌詞，你會多麼感恩……

朋友　一生一起走　那些日子不再有

一句話　一輩子　一生情　一杯酒

朋友　不曾孤單過　一聲朋友　你會懂

還有傷　還有痛　還要走　還有我

最後，回到種子的故事吧！

不發芽的種子永遠看不到美麗的世界，既然生為一顆種子，何不讓種子開花？

學著關懷生命中，上天安排出現的每一個人。

學著去觀看別人，也從別人的眼中觀看自己。

最重要的是，跨出這一步，不會失去什麼，可能得到更多。

我瞇著眼睛幻想著，如果每一顆種子都能發芽，綻放五顏六色花的姿態，那將是多麼美不勝收的花園美景呀！

# 我的王子是斯德哥爾摩痞子

年過三十、身邊無伴的女人，就算妳自己不憂，也會被家人念到很惱。尤其妳身邊的娘，總是愁著一雙哀怨的眼，憂心忡忡望著妳，她多麼害怕妳到了「老娘」的年紀還是待字閨中……

她很心急，急到硬拎著妳去月老廟，妳戴著大墨鏡遮遮掩掩，心不甘情不願躲在她身後放話：「我跟妳講喔，如果等一下遇到熟人，我會說我是陪妳來的！」

她很心急，急到參加親戚婚禮跟鄰座完全不認識的三姑六婆請託：「我們還嫁不掉，可不可以幫忙介紹……」她努力推銷著妳的滯銷，妳簡直要氣絕身亡，悲憤地撐著最後一口氣抗議：「我不是嫁不掉，我只是還、沒、嫁！」

是的，要嫁不難，每天一出門，眼前有二分之一是男人，找個男人真的不難。

但是，要嫁給妳愛他，正好他也愛妳的人，真難。

偏偏像我們這樣的女人，非常難搞，表面看起來很正常，內心卻擁有病態的人質心理。我們渴望被征服、渴望遇到讓我們心甘情願投降的對象，可是，一旦有人靠近，我們又害怕被綁架，潛意識裡想抗拒、想逃避，對侵略抵死不從、對改變全面排斥，我們畏懼變成愛的人質，我們帶著敵意打量任何一個可能綁架我們的綁匪……

於是，高大帥氣的，沒有感覺。

家世雄厚的，懶得高攀。

炫名車秀名牌的，討厭表象。

不夠奮鬥的，顯得沒活力。

靠家裡養的，簡直瞧不起。

比妳不努力的，一點也不服氣。

感覺對，速度慢，妳懷疑他沒真心。

感覺不對，速度快，妳無法接受他太猴急。

天啊！像我們這樣難搞的女人，老天爺真的很苦惱啊！

妳可不可以妥協？妳可不可以不要那麼堅持？

不行，我偏偏要在茫茫人海裡尋覓獨一無二的懂我的靈魂。

所以持續單身，怨不得老天。

在我單身的日子裡，不是沒有機會認識人，愛情的種子卻沒有機會發芽。

曾經有個人，認識一週便輕言「執子之手」，後來發現只能牽牽小手，就要揮一揮手。

曾經有個人，一天一朵玫瑰花放在我家門口，半夜兩點在公園凝望我的窗口，到後來我不敢下樓，只有無言留在心頭。

曾經有個人，第一次見面，劈頭問我：妳覺得我們有沒有可能發展？我想不要浪費妳的時間，畢竟妳也老大不小了，喔，對了，妳會生孩子吧？……

以上種種，謝謝，不聯絡。

三十三歲生日，我正旅行印度，在古老文明裡感到莫大的渺小與荒涼，菩提樹下一陣風吹過，有一片葉子飄然遠逝，彷彿只有我一個人看見。

三百六十五天過去，三十四歲生日，朋友歡聚我家，慶祝我跨入高齡產婦的門檻，深夜友人散去，我清掃驟然空虛的屋子，一夜孤單我一個人守候。

又一個三百六十五天過去，三十五歲生日，我在游泳池裡度過，水底寂靜無聲，彷彿全世界的孤獨，我一個人擁有。

實在不耐，人生怎麼搞的，像機器壞掉徘徊在慢動作，「時間到了」的窘迫感揮之不去，情感動態是注目焦點，一舉一動牽動全家神經。
會不會，有可能，我的人生就停滯在這一幕？畫面上，只有，一個人。一個人吃飯、一個人走路、一個人旅行、一個人入睡、一個人醒來？
同我一般持續單身的姊妹開始湧起各種憂患意識。
A說：妳知道卵子銀行吧？今年底之前再沒對象，我就要去把卵子冷凍起來！
B說：所以啊，我已經投保看護險，將來老了病了，癱在床上至少有看護陪我。
這些話語飄忽在空氣裡，很難入耳。一點也不願意面對，深怕一認真思考就會成真。
我逃進書店，隨意逛逛，目光被一本書吸引，我的腳步不經意停住，慢慢翻閱，我發現我在看……《一個人的老後》。
一定不是這樣的，上天會給予我們真心想要的幸福才對，於是我開始用心祝福、虔誠祈禱，不知道是不是我的念力過於強大，宇宙星球終於開始為我運轉。
都說神愛世人、佛度眾生，冥冥之中，慈悲的老天果然挽起袖子，著手為我安排。
春天，參加一場婚禮，遇到小學同學Fion，她聽聞我依然單身，相當驚訝，沒多久，網路上Fion丟來一個陌生男人的名字，那是她的高中同學，目前人在上海工作。距離這麼遙遠，我一點也不考慮，唉，只能當當哥兒們。

我隨意連上他臉書，一看，忍不住皺起眉頭，這人真奇怪，照片沒幾張，然後沒有一張正常：張牙舞爪吃螃蟹、跟死黨一起扮鬼臉、狀似荒野一匹狼的背影……。終於點到一張正面，是他參加朋友婚禮，跟新郎新娘站在一起，腰桿挺得直直，我才看清他臉上蓄著鬍子，像民國初年的軍閥。

我搔了搔頭，納悶到底什麼時候得罪 Fion 了？

同時期，另一位朋友熱情邀約我去查經班，對於陌生的環境，我有些膽怯，我阿娘慫恿我：「去嘛！搞不好會認識不錯的男生。」到了現場，這查經班竟只收女性，一位雄性都沒有。

幸運的是，我和一位可愛女生一見如故，活動結束我們相約去吃麥當勞，女生聽聞我還單身，興奮推薦：「嘿，我哥還不賴耶！」她馬上打開手機，連上她哥哥的臉書，不得不承認，哥哥像可愛女生一樣，是一個可愛男生，白白淨淨，眼神迷人，笑起來有李奧納多的燦爛，是童話故事裡面優雅王子的樣子。

「我哥真的很棒，加拿大念書回來，現在是外商公司歐洲業務代表。妳看，我第一次來查經班，妳也第一次來查經班，這麼多人我們又正好坐在一起，妳不覺得是上帝的安排嗎？」

難道，王子真的是上帝派來的？

就這樣，痞子與王子兩個人開始跟我在通訊軟體上有一搭沒一搭地聊天，誰也沒見過誰，啥事也沒發生。

三個月過去，秋天緩緩來臨，某個星期六，王子忽然約我出去，他開著車來到我家樓下接我，我懷著忐忑的心下樓，一開車門，迎接我的是笑容可掬的優雅男人。

我們喝咖啡、吃晚餐、大量聊天，王子溫文有禮、見識廣博，可是我始終覺得，少了一點……怦然？

我皺起眉頭，迷惑了，王子不是上帝派來的嗎？上帝怎麼沒有把怦然一起打包？

當天晚上我絕望地瞪著鏡子裡的自己，忍不住對自己循循善誘：「妳啊！不要一天到晚把感覺、感覺掛在嘴邊！無論如何，一定要給彼此多一點時間。如果連王子妳都沒有感覺，肯定是妳有問題啊！」

隔天，來到命運的星期天。

我接到一通電話，痞子打來的，在上海工作的他，臨時回台北開會，「結果我回到家，我家一個人也沒有，大概是假日全家出去玩了。」他一派輕鬆地說，「妳有空嗎？」

說來真巧，他家離我家，一個街頭，一個街尾，走路只要八分鐘。星巴克就在附近，「那約我家巷口見囉！」我說。

生命裡有時候會聽到鐘聲響起，那聲音清脆悅耳，引領我們到純淨澄明的國度，鳥瞰人生的關鍵時刻。

我隨意紮個馬尾，腳上踩雙娃娃鞋，一身輕便，像去市場買菜那樣出門。站在約定的巷口，遠遠地，我看著他朝我走過來，運動外套、棒球帽、球鞋，街頭少年那樣的裝扮。在他前面，我們中間，還摻有路人，他遠遠望見我，調皮地躲在路人身後，只見他一粒頭忽左忽右、跳上跳下，好像超級瑪莉。我翻白眼，心想：不會吧！有沒有這麼幼稚啊！

他來到我面前，很溫暖的微笑著，我們並肩走一段路，往咖啡廳的方向去。走在他右邊，我偷偷望向他，痞子氣質乾淨，眼神真誠，時不時透出一絲靦腆，臉上的小小鬍子，看起來俏皮可愛，跟臉書上照片的感覺很不同，哎呀，差點被照片誤事啊！

邊走邊聊，原來我們讀過同一所小學、走過同一條長街、在同一家彩券行買樂透、在同一家星巴克喝咖啡，原來，我們，根本鄰居了二十多年，到此刻才第一次見面，第一次說話，第一次一起走路，我的心漾起奇妙的變化，說不清楚那複雜的滋味，統稱……怦然。

原來我的王子不是「王子」，我的王子是痞子，還留著一點小鬍子！

上天的旨意實在難以捉摸，我把世界走到盡頭，才發現幸福就在街口。

人生的影帶忽然從慢動作，開始變成兩倍、四倍、八倍的速度，一路快轉。

交往第四個月，有一天晚上他送我回家，就在我家客廳，他忽然眼神勾勾地望著我問：「準備好了沒？」

我一愣，準備什麼？……天啊！該不會是……

我緊張地瞪大眼，倒退三步，冷抽一口氣，只見他緩緩站起來，一把抽下腰際的皮帶，在空中咻咻咻打轉繞圈，我的心越跳越快，難道他真的要……

他伸長手，猛地把皮帶扣環直直地送到我面前，我屏著氣息、全身僵硬，他昂起頭、張開口，用一種「下戰帖」的語氣質問：「願不願意嫁給我？」

蛤？這是什麼語氣？沒有鮮花、沒有鑽石，這傢伙竟然想用皮帶扣環當求婚戒指！這是哪一招啊？

我漲紅臉，不服氣反問：「嫁給你有什麼好處？」

「就……當我老婆啊！當我老婆還不好喔？」

笑話！我又沒當過，怎麼知道好不好？

只見他挑釁地搖晃手中的「戒指」，語帶威脅催促：「快點喔，手不伸進來，我要收走囉！」

不只是痞子，還是流氓，這哪是求婚，這根本是綁架。

「嫁不嫁？快點喔！……三、二、一……」竟然還倒數！土匪、土匪！

嫁就嫁，有什麼大不了！我心一橫、牙一咬，將發抖的手指套進那個過大的扣環，小鬍子見獵心喜，突然一把握住我的手，洋洋得意地宣告：「從現在開始，妳是我老婆！嘿嘿，妳逃不掉了！」我一陣錯愕，終身大事這麼輕易就讓他得逞，忍不住懊惱起來，我竟然被一個皮帶扣環給收服，太沒有天理了啊！

交往第五個月，一天清晨，一早醒來陽光普照，空氣瀰漫著新鮮朝氣。

「你今天有什麼計畫？」

「沒有耶，那妳呢？」

「也沒有耶！」

「那不如今天去結婚吧！」

我們手牽手，散步走到附近的戶政事務所，身分證上空白多年的配偶欄，忽然記上一個名字，從此正式結為夫妻。「陳太太，恭喜妳！」辦事人員親切道賀，我又傻了，一時間不知道在叫我。

「陳太太」的身分熱騰騰出爐，新手人妻還沒過癮，三個月後，驗孕棒告訴我，我要當「陳媽媽」了。又三個月，我披上婚紗辦喜宴，小鬍子牽著我走過地毯，肚子裡有新生命，我們是一家三口，一起完成人生大事。

婚後某一天，纏著小鬍子陪我去月老廟。見我虔誠地把喜餅放在供桌上，他露出一臉狐疑的表情，「妳在幹嘛？」

「還願啊！」

「還願？」小鬍子不可思議地瞪著我：「妳來求過……月老？」

「是啊！我來的那一天喔，人好多喔，竟然還有很多年紀輕輕的小女生來求姻緣耶，我當時好想大吼：小妹妹們請讓開，姊姊是急件……。」我還沒說完，廟祝走過來打斷我的話：「既然已經找到姻緣，紅線就可以收起來囉！」

小鬍子一聽，更加震驚：「紅線？妳竟然還有拿紅線？」

「嗯！就擱在錢包裡，」我低頭翻開包包，不知死活地拿出來，「喏，你看，我動都不敢動，擺到發霉了……。」

他好似被當頭棒喝，發抖驚呼：「妳……施法！妳用紅線緊緊把我綁起來，難怪我動彈不得……」

「哎喲，神經啊！」我白了他一眼，「走了啦！還有下一站呢！」

「又要去哪裡？」

「龍山寺啊，還有一盒喜餅要送給龍山寺的月老。你不知道我布下了天羅地網，拜託很多月老，大家都很辛苦耶！」

只見小鬍子俯首拍額，臉色發白，淒厲哀嚎著：「哎喲喂呀！上當了啦！搞了半天是我逃不出妳手掌心，妳竟然聯合神明綁架我啊！」

別這樣說嘛！婚姻本來就是一樁綁架案，你和我都是「斯德哥爾摩症候群」的患者。綁匪為了某種原因（可能是要幸福）綁架了人質。挾持的相處過程中，人質體會出綁匪對自己獨一無二的意義。最後，被綁架的人質竟然愛上了綁匪（真是一種莫名其妙的病）。

婚姻裡，誰綁誰，誰無辜，誰知道啊！

仍在單身的曠男怨女，不用急，緣分來的時候，自然會有人綁住了你，還以為被你綁了。

愛在斯德哥爾摩，不是在斯德哥爾摩度蜜月，不過有一天我們一定會去喔！是不是啊老公！啾咪！

# 找個日子當傻子

傻瓜的請舉手！
不舉手的是傻瓜！
收到傻瓜趴邀請函的各位同學：
這不表示你是傻瓜，所以被邀請。
也不表示我是傻瓜，所以邀請你。
而是，生活中有時候當當天真的傻瓜，傻傻的，其實滿不賴的。
所以，找個日子當傻子，薇薇要和你傻里傻氣傻在一起！

在某個學期結束，我心血來潮，辦起傻瓜趴。賓客是學生以及少許親近好友。吃吃喝喝中，大家開始談起生命中的傻事，其中一位同學阿禹說：「我前陣子剛環島回來。」

哇！環島，這是常常有人掛在嘴邊，但很少有人完成的事情。

「你計畫多久？」、「你的路線是什麼？」、「你存了多少錢？」、「你怎麼知道你要住哪裡？」……大家七嘴八舌地問起。

阿禹對這些連珠砲的問題顯然有些招架不住，他憨憨地拋出一句：「想這麼多幹嘛？」

簡單的一句話，石破天驚。阿禹說，這趟旅行是他的朋友出發環島的前兩個小時通知他，阿禹傻傻地沒多想，把家裡的腳踏車上了油，帶著簡單衣物，就跟著踏上環島旅程。旅程一共九天，只花了一千兩百塊錢。

「一千兩百塊錢？怎麼可能？」大家一陣驚呼。

「是真的。」

另一位同學開笑地說：「你該不會只在『定點』環島吧？」

「真的啦！我跟著大家騎腳踏車，吃都吃便利商店，睡都睡在廟裡，所以很省。」

「可是，出發前兩小時才通知你，這樣你就去了？」大夥一臉不可思議。

「不然還要怎樣？」阿禹的表情相當無辜。

是啊，不然還要怎樣？花兩年存錢？花一年計畫嗎？如果想得太多、太細，也許這趟環島旅行就永遠無法成行。

偉大的哲人不是教育我們：不要做思想的巨人、行動的侏儒嗎？

所以，想這麼多幹嘛啊？傻傻去做就對了！

傻傻的舉動，往往從一個單純的念頭出發。

有傻勁的人就有衝勁。

傻子因為傻，大約也不會去思考路上有什麼風險？會有什麼後果？說走就走，邊走邊想。也因為傻，不知道風險，所以表現出來的行為反而像天不怕、地不怕的大膽。不過，就因為傻子懷抱著單純的意念上路，不預期一定要看見什麼特定風景，不期待一定要有符合經濟效益的收穫，傻子全然領受當下的際遇，反而事事都新鮮有趣。

傻子的憨愚，你不提醒他，他是渾然無覺的。

你提醒他，他大概也只會傻傻地說：「對喔！」然後繼續傻傻地持續下去。因為所有的快樂，就來自於這份憨愚，而處在快樂中的傻子，大概是不會放棄這份快樂的。

我一向愛吃瓠瓜，還記得有一年夏天，老媽與我忽然興起一個念頭：「這麼愛吃，乾脆自己種！」於是我們花了一千多塊錢買棚架、器材，開始在頂樓架起瓜棚。

我們小心翼翼埋下種子，每天灌溉栽培，欣喜地望著瓠瓜發芽、長葉、伸展綠色的捲鬚。欣賞瓠瓜在黃昏的時候綻放白色小花，在清晨的時候凋謝。

凡揮汗播種，必歡呼收穫。

我們揣著小小的希望，在很久之後，果然收成了，但並不是很歡呼，因為我們得到：

僅此一顆，又瘦又小、營養不良的弧瓜！

隔天逛菜市場，看見市場裡一大簍碩大豐美的瓠瓜，上面標著價錢：「一個十元！」

當下我們的傻勁陡然清醒，母女倆默默收起瓜棚，決定以後還是多上市場。如果換算經濟成本，花了一千多元與很久的時間，大費周章竟然只換來市場裡垂手可得「一個十元」的瓠瓜，傻氣母女怎麼算都不划算嘛！

不過，傻子往往不會這樣衡量事情，那一段母女一起「種瓜得瓜」的日子，是一段無法取代、難以忘懷的幸福時光。

在瓠瓜事件發生的更久遠之前，我做過更傻的事。至今回想起來還會雙手雙腳微微顫抖，不知道自己究竟是怎麼辦到的。

大學畢業那一年，我一個念頭興起，決定製作專屬於我自己的家具，於是我攤開筆記本，開始自己畫設計圖，仔細丈量尺寸大小、計算需要的木板數量，直奔木材行去裁切木材。木材行老闆聽見瘦弱的我將要親手完成這些家具，驚訝又感動。他十分豪氣，不收運費，將一卡車木材運到我家。

當木材像小山那樣高堆積在客廳裡，我的頭皮開始發麻，當初只是在筆記本上塗塗畫畫，沒想到紙上的幾條鉛筆線，變成實體是這麼巨大！光是一片高兩百公分、寬六十公分、厚兩公分的木板我就已經無法扶起，但客廳裡還有滿滿數十片的木板、側柱、橫幹……

接下來，每天早上八點我準時上工，傻傻地用沙紙打磨木板，日復一日。接下來，還要一一丈量、鑽洞、釘合。很快地，我細嫩的雙手磨出水泡、長起粗繭，手肘、膝蓋碰撞出深深淺淺、大大小小的淤青，不過我眼中只有漸漸成形的家具。

一個月後，我終於有了量身訂做的書桌及書櫃，我的衣櫃還是三合一的，可以組合，也可以分開。

完工時，我興奮到一種近乎抽筋的狀態。這一切的起頭，只是一個單純的傻念，而我竟然完成了！

日本的娛樂節目常會訪問一些達人，有些達人看起來很樸實，但卻有驚人手藝。許多達人他們會說，因為不會做別的事情，所以就好好把這件事情做好。

說穿了，這些達人，也是一群擁有傻氣的傻子呀！因為傻傻的只會做這件事，心無旁騖，不斷鑽研，發揚光大以後反而變成行家。到這個時候，別人反而會誇他們很厲害、很聰明。

我曾幻想，要是我傻傻地繼續鑽研木工，會不會有一天我也變成木工達人？到那時候接受採訪，媒體誇我：「妳好厲害啊！」我肯定會憨憨地回答：「奇怪，其實我很笨耶！」

沒有一點傻氣的人，生活裡很難有趣味。

沒有一點傻勁的人，人生裡也很難有傳奇的故事發生。

電影《阿甘正傳》的阿甘，堪稱「傻人有傻福」排行榜的第一名。

智商只有七十的阿甘，腦袋沒有所謂的大志向，但他「傻傻向前衝」的個性卻讓他扶搖直上。在小學的時候因為被壞學生欺負，造就他一身「逃跑」的好本領，跑著跑著，因此治好他先天不良於行的缺陷。上了高中，他繼續被壞學生欺負，但還是給他跑出了名堂，意外地成為橄欖球校隊！對阿甘來說，他只是傻傻地跑著，最後竟變成勇往直前的精神領袖。

難怪他要說：「人生就像一盒巧克力，你永遠不知道你將會拿到哪一顆。」不去猜會選中何種味道，隨意吃著巧克力一般的人生，領受所有的滋味，是傻氣，也是福氣。

在忙著學習當一個聰明人的社會，有時候我寧可當一個傻瓜。

我相信擁有一點傻氣，能夠招來一點福氣。

傻子笨一點，不太會精算得失，不知道自己失去什麼，只專注看著自己獲得的，反而感到滿心歡喜。

這樣比起來，到底是算得清的聰明人比較快樂？還是算不清的傻子比較快活呢？

傻傻的，憨憨的，蠢蠢的，帶著一點天真活下去，在我看來，是很愉快的人生。

春天來了呀！春天就在這篇「傻里傻氣」的文章裡悄悄來臨了。在美麗的晴空下，我想當春天裡的兩條蟲，或者是三條蟲，比蠢還蠢一點。三不五時找個日子當傻子，來點傻勁，多付出、少計較；傻傻做、不比較，能夠這樣，時時都會有心曠神怡的傻瓜好心情吧！

# 你不信任的是什麼？

陌生與未知，往往是恐懼的來源。

小時候看綜藝節目，裡面有個很受歡迎的單元是恐怖箱，恐怖箱內放的東西千奇百怪，刷子、海綿、湯匙……等等，有時候甚至只是一塊小小的肥皂。參加節目的明星每次伸手下去拿，總是一臉驚駭，有些人根本連手都還沒觸碰到物品，便已經花容失色、驚聲尖叫。

「未知的東西」也許沒那麼可怕，有時候我們恐懼的只是「未知」這件事情。

如果那些明星知道，伸手下去即將觸摸到的，只是一塊小小的、會冒泡泡的肥皂，還會這麼恐懼嗎？

又如果，裡面放的是鑽石呢？是某個寶藏呢？會不會因為恐懼而與寶藏錯身？

旅行，就是朝未知邁進，誰也不能保證未知會帶來驚喜，還是驚嚇。

在一趟墨西哥的漂流旅行後，出版了《愛在世界開始的地方——墨西哥漂流記》這本書，並且在電台分享旅途中讓我思索成長的故事，在我看來，都是美好的經驗，但主持人不友善地質疑說：「我去過墨西哥，那裡治安很差耶！貪污、毒品的新聞那麼多，墨西哥人哪有妳說的這麼善良？我覺得墨西哥好像被妳美化了……」

創作畢竟不是紀錄片，即使是一部紀錄片，也有導演選擇想要傳達的價值觀。敘事的模式、元素的選擇、角色的拿捏、氣氛的營造，都為了傳遞某個故事或某個價值。

一個城市必然有一百種解讀的方法，端看創作者的心眼所投射的是什麼。

法國巴黎在電影《巴黎我愛你》中可以創造出二十個不同的愛情故事，非常浪漫。可是，偏偏有人筆下的巴黎也不是那麼美好。亨利．米勒（Herry Miller）是美國二十世紀相當重要的作家，他的作品《北回歸線》中，巴黎是一個激情而殘敗的欲望城市，書中男主角簡直活在巴黎這座性的煉獄裡面，無法從中得到救贖。

而我的作品中最想傳達的，是愛與信任。相信天地間有豐盈的愛圍繞著我們，只要我們真心信任，自然可以感受得到，自然可以接收一個又一個愛的訊息。這個愛的禮物，端看我們敢不敢，相不相信，有沒有勇氣拿取。

如同綜藝節目的恐怖箱，如果一開始，我們就不相信裡面擺放著鑽石，就算鑽石在裡面閃閃發光，寶藏近在眼前，我們還是無法鼓起勇氣伸手拿取它，那麼，阻隔我們與寶藏的，是恐怖箱的黑色箱子嗎？還是我們心中的不信任與恐懼？

「妳建議我們的聽眾進行像妳這樣很危險的旅行嗎？到危險的地方還不跟團？」主持人再度拋來一個奇怪的問題，語帶輕蔑。

這……該怎麼回答呢？每個人只能去尋找他自己自在的旅行方式。對我來說，我喜歡自在地探看，不太適合團進團出，可是對很多人來說跟團是一種很放心的觀光方式。

每個人想要的東西都不一樣，感覺自在的方式也不一樣，至於怎樣比較危險？怎樣比較安全？這可是見仁見智了。

最安全的旅行，就是待在飯店不要出門，在游泳池畔做日光浴就好了。

更安全的旅行，是根本連飛機都不要搭，不用擔心飛機掉下來，連旅遊平安險的錢都省了。

若想這輩子都無災無難，不用冒險，沒有任何意外，最好是待在自己的屋裡，並且保佑小偷不會闖空門、地震房子不會垮、飛機失事不會掉到自己的屋頂上。

你永遠可以選擇，這個城市在你生命中，只是一個護照的戳印，代表到此一遊。還是你生命裡一個靈魂的故事。

你永遠可以選擇，你要的是一場華麗的冒險，還是一趟安靜的旅行。

旅行如此，生命如此。

你的心會告訴你，何必需要別人的建議呢？

「面對這些粗獷貧窮的墨西哥人，他們一隻手就可以把妳捏死耶，貧窮往往會是犯罪的源頭，妳不怕嗎？而且他們都是陌生人耶！妳又不知道他們的底細！」主持人不太客氣地質問我，我歪著頭看著他，忽然感到一股荒謬。

所以，不該信任的是墨西哥人？

還是不該信任的是陌生人？

還是不該信任任何人？

不是貧窮的人就等於罪犯，不是富貴的人就是無邪。

不是陌生人就等於壞人，熟人就等於好人。

大多數時候，我們對於別人來說，不也是陌生人？到底是誰該怕誰？

恐怖箱裡的肥皂，還怕被你摸多了，它就消失了呢！

「即使後來有人告訴妳，廣場上妳偶然相識的墨西哥人是個騙子，妳還是選擇相信他不曾動過壞念頭嗎？也許他本來想搶妳的錢、偷妳的東西等等？」主持人繼續他的「人性本惡論」，目光灼灼地又問我。

我微笑著，用堅定無比的眼神回望著他，並且真誠回答：「是的，我願意相信！」

「喔，」他揚起高亢的聲音，用一種譏諷的笑聲下了結論：「看來我們的作者非常浪漫。」

好，我知道讀詩的人不用和屠夫討論葉慈。

訪問至此，我其實很想拿起麥克風敲他的頭，不過我的禮教讓我還是保持微笑，然後我走出錄音室，慶幸對於這個世界，我仍然充滿熱愛，並且真心信任。

我願意相信，這個世界上的好人多過壞人。

我願意相信，善良多於邪惡。

我願意書寫生命的溫暖，人性的省思，我願意鼓勵夢想與勇氣。

我願意開放自己，並且真心接納別人。

當然，萬事萬物沒有保證。

陶淵明的〈桃花源記〉可沒告訴你，只要過了山洞，一定可以柳暗花明。

保羅·柯爾賀的《牧羊少年奇幻之旅》也不能保證你真信心追求夢想，一定可以實踐。

一路天真的信任，我可能全輸，但人生到底怎樣才算贏？

選擇相信，結果也許會有一半悲傷、一半驚喜。

但是選擇不信，我猜悲傷會大一點。

因此，我還是願意相信美好的存在，並且大步向前，毫不畏懼！

## 全都怪我太新鮮？

夏季酷熱，失業市場卻是炎涼。失業率屢創新高，社會新鮮人平均待業九個月。我的學生裡，也有許多畢業生，他們投出了為數驚人的履歷，他們漂浮在履歷海裡，不知道何年何月會有一家公司將履歷打撈上岸。

有一位學生，在我演講後，搶著我要回家的時間，一路跟著我坐捷運，紅著眼眶告訴我他求職遇到的委屈：「薇老師，我投出第一份履歷的時候很自信，以為憑我的成績應該很搶手，馬上就會接到面試電話……」無奈這第一份履歷一個月後都沒有回音，他差點以為是手機壞掉。他開始又投了第二份、第三份、第四份……，直到第兩百份，還換不到一個面試，他簡直要崩潰了。

另外，還有一位學生義憤填膺地問我：「薇老師，好多工作都備注要一年以上工作經驗。但我就是大學剛畢業，到底要去哪裡生出一年的工作經驗？如果公司一直不給我們第一次機會，我們怎麼會有學習成長的空間？如果一直踏不出這一步，我怎麼知道下一步在哪裡？」

當然也有好不容易找到工作的同學，好比心如，但這卻不見得是一件喜事。

心如一向喜歡小孩，大學時代常去醫院為小朋友說故事，畢業後，她去應徵兒童劇團的種子教師。經過一連串面試，劇團錄取四位求職者參加「免費培訓課程，並且享有一個月四千元的車馬費」。一個月後考試，如果通過考核，就可以取得種子教師的工作，教小朋友戲劇表演。

於是，從早上九點，到晚上九、十、十一點，心如都在劇團裡。

「上課要上這麼久？」我疑惑。

「其實只有下午幾個小時在培訓。」

「那妳從早上九點開始在做什麼？」

「掃地、拖地、擦窗戶、折傳單、整理劇團道具……」

「那晚上留那麼晚是做什麼？」

「晚上教室會有小朋友來上課，我們要去接待家長，有時候也在教室旁邊實習。假日有演出，我們要去前台招呼觀眾入場、引導座位，發宣傳單、問卷，結束後也要回收問卷、整理道具。」心如老實地回答我。

我聽了，感到不可思議，這些工作聽起來像打雜，而且竟然連假日都不得閒。「劇團說，幫我們上課不收錢，還給我們車馬費，對我們很好了。」

不免揣想，這到底是「不收錢還給你錢」的師資培訓，抑或是月薪四千元的廉價工讀？

我心疼地望著心如，問她：「要不要跟劇團反應一下？」

她驚呼著：「不要！絕對不要！」

「為什麼？」

「薇老師，我不想讓他們覺得七年級生吃不了苦。」

「那妳累不累？」

「不累不累！我好不容易有這個機會，我要好好做！」

我注意到，心如的手上、膝蓋有很多淤青，忍不住又問了：「這些淤青是哪裡來的？」

「培訓的時候要滾、要翻啊！薇老師，我都有很認真，要滾要翻我都不怕！我一定要通過劇團考核，成為種子教師。」

一個月後，連同心如在內，四個人都沒有通過考核。劇團沒有給任何理由，只說不合適。

當時我聽了很生氣：「去問清楚啊，妳是哪裡做不好？」

「算了，薇老師，也許我是一顆爛草莓……。」

「妳怎麼會是爛草莓？妳這麼認真！」我修養比較差，音量都提高了！

「薇老師，只要是新鮮人，就要默默承受，對嗎？不管合不合理，我們都沒有權利抱怨，不然社會大眾又會說我們是爛草莓，對嗎？」

我低著頭，輕輕幫她上藥，揉著她大塊淤青的膝蓋，心裡很痛，實在不知道該說什麼。大眾媒體很愛揶揄草莓族，卻忘了，不是每顆草莓都是爛的。

我的雇主朋友們常跟我抱怨：「新鮮人，好難用啊！」

新鮮人很難用，還是你不會用？

我重視我的學生，我看到了他們每一個人不同的價值，不明白為什麼認真優秀的學生要在茫茫履歷海裡喪失自信？（當然，我指的是態度認真的學生，白目與狀況外的學生，我暫時不替他們叫屈。）

很多雇主希望錄用立即可以上手的員工，節省訓練的時間與開銷。但我也真想請問雇主，也就是現在的各位大老闆，遙想當年啊，您是一畢業就上手嗎？如果您不是，為什麼期待新鮮人會比您高明？

當然，學校單位必須檢討，大學的教育，與職場的需求是否產生很大的落差？否則大學畢業生，為何不堪用？

但我也相當困惑，大學的教育，似乎不該只是為企業訓練出立即上手的技術工人。如果我們要的是有創造力的職員、有生活力的國民，那麼，大學就不該只是技術的訓練場。

不過，新鮮人，請你不要太傷心，這個社會不都是那麼冷漠，不是每個雇主都會趁機占新鮮人便宜。當你漂浮在履歷海裡，也可能遇到一個人，將你打撈上岸，烘乾你、珍惜你，讓你冰冷濕透的心，重新感到溫暖。

請你看看以下這封信。

Dear 萱萱：

如果要用剛畢業的新鮮人，我想妳應該是我心裡的第一候選。

這不是為了告訴妳這次沒入選所說的客套話，主任向來不愛這些虛文。萱萱，我要這樣說，我對妳的印象很好，看起來妳就是個肯學習、肯努力的孩子，不管妳將來會不會從事媒體這行業，我相信假以時日妳都會在職場裡嶄露頭角。

沒有工作經驗、缺少應徵的經驗或是提案不夠精準，那都是時間可以磨練出來，妳無需扼腕，現階段妳需要的可能是一個低一點的墊腳石。

主任退伍當時也一心要進入報社，但在那報禁未開的年代何其難啊！我的第一個工作是在一家報導八卦的雜誌當編輯，薪水很少、工時很長，但我常常主動想題目，要總編讓我去做採訪。待遇和付出當然不成正比，但到現在我還是很感激有那段磨練，兩年後我終於進入大報當編輯。

我說這段故事，其實在告訴妳，不必急於一時，當妳做好準備的時候，機會來了，妳才能從容不迫迎向前去，否則妳只有左支右絀，最後含恨退場。謝謝妳來應徵，我很歡迎妳有任何問題，隨時給我信。

這是一封信。一位報社高層長官，寫給一位社會新鮮人的信。

報社長官，是我以前的主管。

社會新鮮人萱萱，是我的學生。

不久前，報社在徵南部地方中心記者，報社主任告訴我，他看見一份很不錯的履歷，上面注明曾經是我的學生，於是來向我探詢我對這位學生的評價。

主任不諱言：「我其實不想錄用剛畢業的新鮮人，妳知道，報社工作很操，之前我錄用了幾個新鮮人，竟然做不到兩個月就跑了，一直重複培訓新人，實在讓我很困擾。」

我默默聽著，不敢打斷，主任說的沒錯，我不否認，真的有這樣的新鮮人：約了面試，遲到、爽約，卻沒有一聲通知。或是，工作上遇到問題就把爸媽抬出來。或是，稍有不順心，隨手發一通簡訊就瀟灑離職。

但是，真的也有不錯的新鮮人，萱萱就是其一。於是我掛保證：「主任，萱萱資質好，也很願意學習。」

後來，主任讓萱萱參加面試，所有面試的人都必須試寫企畫案，萱萱顯然經驗不足，在企畫案上落敗。不過，主任竟然在百忙之中，親自回覆萱萱，分析她企畫案的不足之處，還附上鼓勵的信函。

萱萱無疑是幸運的。不是每一位學生都能遇到這樣的面試者，看重一位新鮮人的第一步，就算不錄用，也用自己過去的經歷來勉勵對方。大部分學生的履歷是石沉大海，莫名奇妙被擋在門外，連自己哪裡不好都不知道。

假如新鮮人不相信自己會被善待，雇主不相信新鮮人的能耐，相互不信任，只會造成職場的更加委靡。

太新鮮，不是錯。各位大老闆，憑您的智慧一定知道如何從草莓的酸澀當中嚐出甜味吧！

# 我想陪你跑到終點

我會走路，但我不會跑步。

學習走路可能在我幾個月大的時候已經發生了，但是學習跑步我可是第一遭，因為我報名了一場馬拉松比賽。競賽組，十公里。

「十公里？」叔叔知道的時候，驚喊起來。

「嗯！」我好老實地點頭。

因為這場十公里的比賽，我只好開始在家附近的國小操場練習，操場一圈是兩百公尺，我歪著頭，疑惑問：「十公里，不知道這個操場要跑幾圈？」

叔叔算一算，說：「五十圈。」

「五、十、圈！」換我大叫出來，嘴巴張得好大！

「嗯。」叔叔點點頭，同情地望著我。

那次練習我只跑了兩圈半。心中隱隱感到不妙，五十圈……

日子過得很快，一下子到了馬拉松比賽當天。

天氣很冷。入冬以來最強的寒流就是這天了。

早上五點，天還黑的，我已經穿戴整齊，準備出發。

台北捷運因為這個活動提早啟動。灰暗暗的天空下，一個個人影往入口竄，在厚圍巾後面露出善意的目光，有默契地對望而笑，我知道，這些都是我等一下的夥伴。

這場馬拉松，我慫恿姊妹淘蕾蕾跟我一起跑，因為要「一起跑」，所以她也報名了十公里組。她也是因為這場馬拉松，開始學習跑步！

主辦單位發給我們運動背心，上面別著我的號碼「20170」，我新奇地接過。接著，將記錄時間的晶片感應器綁在腳上，再把身上所有隨身物品，從錢包到手機都交給主辦單位保管，減少物質的牽絆。等會慢跑時，單純地只剩下身體與道路。

搓搓手，十度低溫，我脫下外套，穿上運動背心，說也神奇，當運動背心一穿上，當下有一股神聖的力量湧入，貫穿全身，這股力量在告訴我：從現在起，我是一個運動員！我要挺直腰桿，全力以赴，直到終點！

於是，運動員我精神抖擻地在寒風中邁開腳步，在旗幟與鼓鳴下熱情起跑。一開始就是超級慢的速度，蕾蕾也是。蕾蕾是個不運動的上班族，擔心她會體力不支，我先提醒：

「不行的時候要講。」

「好。」

我不放心，又補了一句：「假如……真的沒跑完也不會怎樣，我們沒有要拿獎牌。」

跑到三公里的時候，沒吃早餐的我開始頭昏。

我偷看蕾蕾，蕾蕾呼吸均勻，步伐穩健，看起來很不賴。

四公里過去了，我感覺胸口漲痛，腳步漸漸慢了下來。

五公里的時候，路旁出現清涼短裙的年輕辣妹啦啦隊，我擠不出一個笑容。

我跑過一間一間燈光明亮的速食店。

我跑過一間一間香味四溢的早餐店。

我跑過中正紀念堂附近，啊！這兒離我家不遠了，跳上計程車過個橋就可以回到溫暖的被窩了……

計程車、計程車……我好想念你啊……

路程轉進中山南路，中山北路一段、二段。

我不行了，漸漸變成走路。

偷偷瞄了蕾蕾一眼，蕾蕾怎麼還沒有放棄呢？

蕾蕾問我：「薇，妳還好嗎？」

我疲累地覷她一眼，不要問我，我沒辦法講話……

我的視線迷濛，腳步蹣跚，跑跑走走，有時我落後，蕾蕾會放慢腳步等我，我見狀，只有咬著牙，繼續往前跑下去。

過了美術館，上了台北橋，快看到忠烈祠……

七公里、八公里、九公里……

終於開始倒數……

四百公尺、三百公尺……

還要多久，腳彷彿有千斤重，吁吁吁吁，我快往生了嗎……

路旁裁判為我們加油打氣：「你們是跑著出發的，一定要跑著回終點！」

剩下一百公尺了！對！我是運動員薇薇，我是跑著出發的，我要跑著回終點！我再度舉起腳步，在體能極限下，衝過了終點，讓腳上的晶片感應器記錄下我人生第一個十公里馬拉松競賽時間！

蕾蕾和我又跳又叫，激動相擁，蕾蕾興奮地說：「薇，妳好厲害，竟然真的跑到最後，我一直以為妳會放棄。」

「拜託！……我都快崩潰了……，可是我看妳沒有停下來，我想是我找妳來參加的，妳沒停，我也一定要陪妳跑完！」

蕾驚訝地看著我：「不是啊！我看妳都沒有放棄，所以我才不想放棄。妳期待了這麼久，所以我想陪妳跑到終點！」

原來是這樣。

因為有妳，反而能夠堅持到底。為了成就對方，反而讓我們一起跑到了終點，最後成就彼此。

如果只靠自己微薄的力量，微弱的意志力很容易就被摧毀。

原來，人生的奮力一搏，很多時候，不光為了自己。

正好隔天，我在課堂上看到學生播放大陸很知名的談話節目《魯豫有約》。那集節目裡，訪問章子怡。章子怡談到當初她拍電影《臥虎藏龍》時候的辛苦，那一年，她才二十歲：「我一個人在拍片現場，沒有親人，沒有助理，只有我一個人。很多武打動作我不了解，壓力很大，天天都在哭……」

主持人問她：「那麼苦，妳怎麼沒想過放棄算了？」

章子怡說：「因為我不要讓李安後悔，他選了我，沒選別人。」

原來是這樣，她想證明給導演李安看，他的眼光是明智的，他的賭注是對的。

那一集的節目標題是：「奇蹟人生」。一個青澀的小女孩用十年的時間粹練成為國際巨星。

有些時候，我們努力，因為不忍心辜負一個期待的眼神。

那個眼神來自於器重你的人、你在乎的人、你深愛的人、深愛你的人、包容你的人、給你機會的人、對你一路相挺的人、無怨無悔陪著你的人、在冰天雪地還願意跟著你往前衝的人……

眼神不說話，卻擲地有聲地敲擊著心頭。

讓自己失望就罷了，讓自己在乎的人失望，恐怕比讓自己失望還難過。

記得我剛上研究所的時候，第一次交報告，我很努力但是卻拿了全班最低分。那天下課我一路坐車回家，手裡握著報告，眼淚靜靜流下來，心裡很想休學算了。不過我想到當初為我寫推薦信的老師，她是如何拿自己的聲譽去跟學校保證我是一個勤奮的孩子，才讓我有面試入學的機會，想到老師的期望，我擦乾眼淚，當下跳下公車，折返回學校去，乖乖回到圖書館，為下一個報告做準備。

後來，學期末的時候，知道自己拿到非常高的成績，第一件事，就是打電話告訴老師，我沒有讓她失望。

每當自己想偷懶的時候，找不到人生動力的時候，想想身邊關愛自己的人，忽然覺得，又有了新的動力往前邁進。

這是一種溫暖的力量，讓我們在每一次失溫的時候，迅速加溫。在幾乎就要放棄的時候，鼓勵著我們，再試一下！再試一下！

祝福你身邊有溫暖你的人，祝福你也是那個溫暖別人的人。

**薇**OS：不過，話說回來，要是馬拉松那天，我身上有個兩百塊錢的話，說不定我早就一溜煙躲進香味四溢的溫暖早餐店去了！人性的脆弱啊，還是不要隨意考驗的好呀！

**薇**OS：幾天後，晶片感應器成績紀錄揭曉，我是分齡女子組的第587名，那麼，總共有幾名呢？698名！再接再厲的空間很大啊！

# 一顆星星的高度

連續幾天，倩掛在網路上。ＭＳＮ的暱稱很消極。

「要怎麼樣才不會痛？」、「走，不要回頭。」、「還要痛多久？」

在這些暱稱後面，有一個神祕數字，標著30、31、32……42、43、44……。

我留意到，是一天增加一個數字。

我猜，她處在某個極大的痛苦漩渦裡面，我不知道哪是什麼？

我很擔心，忍不住敲了她。

告訴她，如果需要人說話，我一直都在，也非常願意陪伴與聆聽。

她回我一個笑臉。

畫面靜止不動。

我不再打擾。我知道所有的悲傷痛苦都需要時間。

直到今天，倩又上線。數字變成46。

她忽然敲我：「我一直哭，沒辦法停止……」

原來，故事是這樣的。

那天，他們一起吃了早餐，男友送她去上班，兩個小時後，心肌梗塞，急救無效。

「我好痛，真的好痛，沒有見到最後一面，沒有留下一句話，我要怎麼樣才能不痛？」

他們交往多年，蒨今年三十歲，兩人是論及婚嫁的情感。今天是他離開的第四十六天，是她ＭＳＮ暱稱上的神祕數字。

「我可以體會薇爸當年的心情了，薇，妳可不可以告訴我，薇爸當年是怎麼不痛的？」蒨問我。

當年……

當年是八年前。

我的二媽，老爸的第二個太太意外墜樓逝世。蒨當時是我的工作夥伴，目睹我經歷驟然逝親的失心過程。

老爸是怎麼不痛的？我不敢問。只記得，每次走進那個空蕩蕩的大房子，那個二媽與老爸的家，我聽見，整間房子都在哭泣，低低地，隱隱地，空氣中的粒子輕撞著粒子，每顆粒子都有一滴眼淚。

房子很冷，失去一個人，像是失去全世界的溫度。

客廳裡有大面潔淨的落地窗，陽光卻在窗外徘徊。

我打開窗，高樓的風踉蹌跌進來，嗚嗚咽咽。窗簾吹起，陡然翻飛，如飄揚的招魂幡。

摺不完的蓮花座，聽不盡的誦經聲，拉不回老爸急速消落的體重。

痞子老爸不再意氣風發。默默癱在客廳，動也不動。

我在一旁什麼也不能做，上市場買菜做飯，在廚房洗洗切切，蘿蔔的花紋像靈堂上一朵朵安靜憂傷的葬花。

嘩啦啦的水流聲在耳邊喧囂，我還是一直聽見，房子在哭。白天黑夜，黎明星子。

事情發生的當天，老爸站都站不穩，想隨著二媽去。

奶奶在一旁，撐著他，靜靜地說了一句：「在我面前，你不能說這樣的話！」

爺爺走的時候，奶奶很堅強。二媽走了，奶奶希望老爸也堅強。

就這樣，八年過去了。

幾天前，老爸剛去大溪探望二媽回來。她的骨灰安放在很好的位置，山明水秀。

陪老爸去的，是老爸現在的伴。

要怎麼樣才能不痛？

《西雅圖夜未眠》失去愛妻的湯姆．漢克斯說：「每天早晨離開床鋪，我會提醒自己要記得吸氣與呼氣。過了一會，我就可以不用再提醒我自己要呼吸……」

悲傷的時候是一種身心分離的狀態。身體在做什麼，心裡可能都不清楚。心裡知道身體該去做什麼，身體又往往做不到。可是日常生活全然失能，心裡也不會好起來。

但是，每天如常地吃飯走路睡覺，心中不明白的疑惑仍是揮之不去。

為什麼走了？為什麼離開了？

為什麼早上還一起吃早餐，晚上他已經消失了？

像在沙灘上握起一把沙，上一秒明明還在手中，為什麼這一秒手心是空的？沙的觸感還在，明明還溫溫的啊！可是沙呢？

重病失親有心理緩衝期，意外驟然逝親，是那麼措手不及。

為什麼是他？為什麼不是我？為什麼帶走他？為什麼留下我？

是我比較好，留我下來好好活著？還是我比較壞，留我下來承受悲傷？

走的人走了，雲淡風輕，但留下來的人，要怎麼活下去？

有人說，對親人的思念如同一條風箏的線，抓住它，魂魄就不能去投胎，所以放手吧！

有人說，痛痛快快想念吧！肆無忌憚地哭吧！到再也流不出一滴淚，悲傷就過去了。

無論怎麼失序，狂亂的日子終有一天要過去。

哭哭痛痛，一步一步，一點一滴，把悲傷收拾好，人生還是要繼續。

老爸探望二媽回來的中午，是我們家族聚餐，老老少少熱熱鬧鬧。

大姑姑笑著夾了菜在我碗裡：「吃！吃！過了一年，又長一歲，嫁不嫁啊妳？」

「我老爸還單身，我哪裡敢嫁啊？」我扒著飯，胡亂回著。

二姑姑也答腔：「乾脆妳跟妳爸，大家喜事一起辦一辦啦！」

痞子老爸馬上抗議：「這樣我很忙耶！又是新郎又是主婚人，又要結婚又要主婚，哪裡忙得過來？」

八十五歲的奶奶在旁邊睨了老爸一眼：「真是胡說八道！」

我望著老爸，想著剛剛他在大溪為二媽上香，一年一年，清明過年祭日。我不敢問老爸，後來，你是怎麼不痛的？你是怎麼走出來的？

老爸摸著老狗皮皮，「皮皮啊！你要活久一點啊，我歷任老婆還沒有一個跟我走到過二十年的！」

老爸的第三個伴，雖沒結婚，但也算是三媽，她在旁邊吼起來了：「喂喂喂！老鬼！我可沒說要伺奉你那麼久啊！」

痞子老爸和三媽向來愛鬥智鬥嘴。

我覺得，這樣，很幸福。

也許我們要的幸福也不過就是，早上起床說早安的人，還能夠一起說晚安。

愛跟你鬥嘴的人，下一秒還能反擊你。

杯子沒洗、牙膏沒擠好，嘮嘮叨叨的話語討厭死了明天還能再聽一次。

能這樣，就夠了！就夠幸福了！

三媽抓了一顆棗子，遞過來，眼神有意地望著我：「早生……。」我趕忙揮手，「別！別再催啦！我的姻緣都被你們上一代用完了啦！」我求饒似的。

「對啦、對啦！我做人不成功，做不成阿公啦！」老爸又耍痞了。

要怎麼樣才不痛？

當下一個季節來臨，下一朵花綻放的時候。

也許我們就會知道，花開的時候，懂得珍惜。花落的時候，明白這是生命的必然。

我們不用科學的知識去理解生命的週期，開始學習用智慧去體悟生命的無常。

我還不知道怎麼面對死亡。

如果最大的世界是宇宙；我願意這麼去思考，雖然我們不屬於同一個人間，但仍屬於同一個宇宙。

天上與人間，都包含在無盡的宇宙裡，我們還是身處同一個時空中，只是彼此站得距離比較遙遠。

天上與人間，不過是一顆星星的高度。

無助的夜晚，抬起頭，看見夜空的星星，有一顆就是他在的方向。溫柔地，光亮地，守護著我們。

# 課堂失語魔咒

又是一個新學期的開始，秋天來了，四季輪轉，有些事情會悄然改變，有些事情，總是要重來一遍。

好比，帶著一百多位大學生，學．說．話！

也許你想，說話有什麼難？開口就是了！嘿嘿，如果你當過學生，一定有過這樣的經驗，心跳加速，聲帶啟動，口乾舌燥，話已經滾在嘴邊了，卻硬是開不了口……

「各位同學，大家有什麼想法呢？」在一段授課後，我笑臉盈盈拋出這個問句。

台下鴉雀無聲。

「如果一時想不出什麼想法，那……大家有沒有什麼問題要問我呢？任何你不清楚的地方？」我笑臉盈盈地拋出第二個問句。

台下仍是一片沉寂。

一百四十雙眼睛，與我對望。一百四十張嘴，雙唇緊閉。我將目光從教室左邊環視到右邊，再從後方掃瞄到前方。我隱隱感覺到，同學們心中忐忑不安，對我有種避之唯恐不及的慌張，眼神輕觸到我的目光，零點三秒內趕緊低下頭來，個個呈現苦思狀、呆滯狀、緊張狀、渾沌狀，狀狀傳神。

喂！同學們，有沒有搞錯，我是你們口口聲聲最口愛的薇老師耶！怎麼此時此刻，看見我簡直像看見妖魔鬼怪？

不過，老實講，我一點也不意外這樣的反應。

每當這種沉默時刻，我耳邊總是很跳tone地響起一首老歌：不說話，她就是不說話；不說話，她就不說話……原來她缺了一顆大門牙！

學生不說話的原因，和門牙沒什麼關係，和心病息息相關。

大部分同學寧願選擇做沉默的大多數，也不敢冒風險在課堂上表明立場。同學抵死不肯說出自己的想法，老師像是把石頭丟進深潭，連水波紋都沒有。

但是不回應，不表示真的沒有問題。不說話，也不是真的沒有想法。然而任憑老師在教室走八圈，問題問十遍，情況也不會改善，反倒會讓室內氣溫驟降，降到零下幾度C，大熱天連冷氣都不用開了。

「有沒有問題？」、「你有什麼想法？」、「你覺得呢？」類似這樣的問句，像一句魔咒，不論前一秒全班如何聚精會神、哄堂大笑，只要這些句子一拋出，就會將課堂瞬間冰凍凝結，同學笑容開始僵硬，嘴角微微顫抖，但就是吐不出一句字。我手中沒有魔法棒，然而這幾句魔咒的威力卻屢試不爽。

在公開場合開口說話，暢所欲言發表自己的觀點，與其他同學切磋交流，這似乎一直是台灣學生的學習挑戰。學生下課的時候嘰嘰喳喳，像關不緊的水龍頭嘩啦嘩啦，但是一旦打了上課鐘聲，進入課堂，就很難侃侃而談。這種情形從我求學的時代，到我現在至校園教書、演講，並沒有太大差異。

更怪的是，上課的時候都沒問題，下課鐘聲響起，當我抱著課本準備離開，前腳都還沒跨出教室，同學便又紛紛圍上，開始冒出數量驚人的問題。原來，大家不喜歡公開把話說清楚，但卻習慣私底下解決。這是害羞？是膽怯？還是惡習？實在讓我苦惱。

在課堂上發言，真的有那麼困難嗎？我想，一開始，我不要求說話的內容要言之有物，但希望學生最起碼有開口的勇氣。

看看我眼前，魔咒開始發威了。鴉雀無聲的教室，彌漫一股冷颼颼的氣氛，同學坐立難安。為了舒緩大家的焦慮，我轉過身，拿起白板筆，問同學們：「來來來，請大家來告訴我，在課堂上，你不敢發言的原因有什麼？」

台下面面相覷。（我猜，同學的內心ＯＳ應該是：都已經不敢開口了，老師你還要我開口說出為什麼？）

「說嘛！說嘛！」我向來使命必達，不屈不撓。

同學們對看一眼，過了一會，終於有個微小的聲音吐出來：「怕丟臉。」

「喔？怕丟臉……還有呢？」

接著，同學情緒高漲、七嘴八舌，各種罹患「課堂失語症」的原因一個一個被揪出來了：怕說錯、怕太高調、怕老師聽不懂、沒有答案、懶得想答案、怕被笑、跟大家不熟、上課睡著了、沒自信、口才不好……

黑板上洋洋灑灑，一列列出十多個。

好吧！有了原因，至少可以對症下藥。

「怕說錯？這堂課，沒有對錯。我們不是在教程式語言，也不是數學習題，一加一等於二的答案，不在這裡。薇老師比較在意你的感覺、你的想法、你的態度，這些意見統統沒有對錯，只有你自己信仰的價值。你，就是你，不要害怕去展現你的想法。

怕老師聽不懂？這有可能是你解釋得不清楚，也可能是我聽得不明白。如果是你的問題，你正好可以趁機會訓練自己的表達能力，如果是我的問題，薇老師可能不夠聰明，但我很願意聆聽，所以，如果我聽不懂，請你有耐性再為我講解一次好嗎？

懶得想答案？嗯嗯，你可以思考得不完整，但不能拒絕去思考。如果你堅持要懶，那我也懶得理你了！

沒自信、怕被笑？拜託！不要沒自信了，你就是你，不需要跟誰比較，百合與牡丹，本來就是不一樣的花，都很美麗。如果有人笑，那你要欣慰，今天成了大家的開心果，日行一善。而且，惡意嘲笑跟會心一笑是不一樣的，我相信我們班上同學都是有幽默感的吧！口才不好？那你更要把握機會多說話。刀越磨越利，話越說越溜嘛！跟大家不熟？大家多說話，自然就會熟了。」

講了半天，台下同學漸漸有些血色，氣氛活絡起來。

我繼續看著黑板，看到一個無法發言的原因：睡著了。

「上課睡著？」我揚起音調，如果真有這種狀況，對我簡直是晴天霹靂，我把問題拋回給同學：「嗯……請大家告訴我，如果在你方圓百里之內，你發現同學有ＺＺＺ的徵狀，應該怎麼辦？」

就在此時，有個同學興奮地說：「薇老師……我知道該怎麼辦！」太好了，沒想到立竿見影這麼快速，一陣信心喊話後，已經有同學敢率先發言了！

「快！親愛的同學，快告訴我！」我洗耳恭聽……

這位同學大聲喊出：「如果有人上課睡著了，要記得幫他蓋外套！」

全班哄堂大笑，我拿著麥克風的手差點不穩。好吧！橫豎是個有創意的答案。

再看看另一個原因，這就讓我舒服多了，整個人飄飄然。

「看見薇老師驚為天人，所以就啞口無言了！」真是諂媚（竊喜）。

「好吧！如果是這樣的理由，薇老師只能說，大家要好好訓練『美色當於前而色不改』的沉著吧！該你講話的時候，你還是要發言！而且，薇老師仍然會繼續用百變造型來上課，提升大家的發言競爭力。嘿嘿！」

學說話之前要先有開口的勇氣。大學是訓練獨立思考與言論自由的場域，我很樂意在每個學期初花上一些時間，與學生建立默契與信任。不怕亂說話，不怕說錯話，不怕話太多，就怕不說話。

套句張惠妹的歌詞：

我不要你的承諾　不要你的永遠　只要你真真切切回答一遍
就算瞎掰也好　胡謅也好
最怕你把沉默　當作對我的回答

我在我的教學大綱上加上一行粗體字：「這門課最喜歡你講話，請沒話想話說，有話大聲說。多說話，有益身心健康。多說話多說話多說話……」

開口說話，是建立自我存在感的第一步。是將腦中紛亂思緒整理出組織邏輯的訓練。下次該你說話的時候，就別再支支吾吾了吧！

# 白天的女孩與黑夜的女孩

我遇見了兩個女孩，她們恰恰好都是十五歲亮麗繽紛的年紀。

遇見這兩個女孩的時間，也恰恰好是在同一天。

一個在白天，一個在黑夜。

白天，我參加一場私人音樂聚會。聚會場所在台北市中心昂貴地段的豪宅裡。女主人是企業家太太，雍容華貴，氣質優雅，長髮挽成髻，柳葉細眉精緻完好，輕聲細語，絲毫沒有財大氣粗的庸俗，偏愛藝術文化，大廳牆上掛著當代名畫，角落立著雕刻藝品，落地窗邊插著韻味獨具的粉嫩梅花，在這個時節綻放得正美。抬頭望去，整片牆面擺滿壯觀的書籍與ＣＤ，書香與樂音是這個屋子裡流動的氣味。

參加聚會的人不多，背景來自藝術、文學、音樂、劇場，在我們一同聆聽部落音樂的那個午後，我遇見了第一個女孩。女孩是貴太太的女兒。十五歲，休學在家，說是對學校適應不良，暫時在家休息，重新找尋人生方向。

女孩長得白淨可人，纖瘦寡言，表情有些迷濛，隨著音符歌聲的起落飛旋，女孩輕輕搖晃身子，細長的髮絲飄啊盪啊，青春的迷惘與彆扭也隨之柔柔飄散。

「這孩子也不知道在想什麼……」聚會中途，貴太太忍不住對著我擔心地叨念了起來，「這個家什麼都有，就是不知道她想要什麼。……既然不知道她喜歡什麼，所以只有讓她廣泛接觸，像這些音樂啦、文學啦、藝術啦，各個領域都讓她了解一下，這樣也許她會比較清楚。」

貴太太說著，女孩在一旁聽見了，臉上湧起一股悶氣，好似對母親煞費苦心的安排並不領情，想要反駁些什麼。

貴太太不經意望見女兒倔然無禮的表情，按捺不悅的情緒，揮揮手，不想再和女兒說話了。貴太太手腕上掛著精巧的手鐲飾品，晶瑩水晶叮噹垂墜，當她揚手搖晃的時候，我聽見滴鈴鈴、滴鈴鈴的聲響，像一陣細微的哀息。

「唉！」貴太太嘆了一口氣，淡然地說：「隨她去吧！看看休學的這段日子要去東京、紐約，還是倫敦晃晃，孩子大了，我管不著她了。」

聚會結束，我默默走出這棟華美的房子。出了大廈，抬頭一望，夜色已經全黑了。

這個夜晚，一位阿姨來家裡拜訪。阿姨是舊識，住在屏東枋寮鄉下，很久不曾來探望我們。這一次上台北，她是帶女兒來醫院複診。

於是，阿姨的女兒，十五歲，是我這一天遇見的第二個女孩。

女孩出生的時候心臟便有問題，很早就動了開心臟的手術。她身體上殘疾的部分不只心臟，還有耳朵。女孩一出生就沒有左耳，那清秀瘦小的臉龐，掀開左邊黑髮，便露出一片平坦的顱顏。

「有誰像我一樣沒有左邊耳朵呢？」多年前，女孩在很小的時候曾經沮喪地問我。

「妳知道有一個畫家叫做梵谷嗎？他跟妳一樣沒有左耳。」我回答，也許對她的悲傷並沒有幫助。

「他的耳朵是被月亮偷偷割走的嗎？」手指月亮會被割耳朵的傳說，是同學告訴她的。

「梵谷耳朵不是被月亮偷走的。不過，沒有耳朵也沒關係，梵谷還是一位了不起的畫家。他的畫到現在還感動很多人。」我說。

「他沒有左耳也很了不起嗎？」女孩不太相信地再問我，眼睛晶晶亮亮的。

「嗯！」我肯定地點點頭，再次強調：「沒有左耳，也很了不起。」

「真的？」她問。

「真的！」我回答。然後，我和她打勾勾，說：「騙人是小狗。」

經由顱顏基金會的資助，女孩經過三次手術植皮重建，終於擁有一隻完整的左耳。雖然這隻耳朵沒有實質上的聽力，起碼它端端正正出現在臉頰旁，不精緻但至少不缺憾。

女孩的母親鼓勵她：「沒關係，我們至少還有一隻耳朵聽得見。」

幸好還有母親。因為女孩的父親終日酗酒，分不清晨昏。女孩從學校揹著書包放學回家，父親昏茫茫地望著她，將月光當成日光，又催促她趕快去學校上課。父親無力拿錢養家，家中經濟單靠瘦弱的母親每日在果園裡打零工。

女孩從來沒有進電影院看過電影，要看書都是站在書店，捨不得買回家。

有次，里長送來一包遠方救濟的白米，母親感動得流下眼淚，告誡女孩：「這個社會上有人願意這樣幫助我們，妳要牢牢記著，將來有能力，也要幫助別人。」

母親沒有受過高等教育，沒有可靠的丈夫，沒有厚實的經濟。只有愛。

這個黑夜，我與第二個女孩見面的時候，耳畔猶迴盪著白天貴太太家裡附庸風雅的悠揚樂聲，可是眼前的視覺上卻望著受苦的靈魂。我為此感到十分恍惚與不安。

女孩的母親哀傷地對我說：「這個家，她想要什麼都沒有。連最基本健全的身體我都沒能生給她，如果她變壞了，我也無話可說……」母親說著，泛起自責的淚光。

十五歲是青春期叛逆的年紀。這次見到女孩，我感覺，她比多年前更加沉默陰鬱，有種漠然堅決地阻隔了外界。

「她一向喜歡妳，知道妳小時候也是站在書店裡看書的，妳幫我跟她說說話，叫她不要學壞好不好？」

時間晚了，這對母女即將趕回南部，我匆匆把書架上適合她閱讀的書籍、音樂、影片全部裝箱打包，叫快遞為女孩運送回去。

女孩離開前，我在月光下直接了當地問她：「妳會不會變壞？」我的眼神深深望著女孩，溫柔中有期許。女孩有點愣住，然後慧黠地笑了出來，眼睛晶晶亮亮的，她語氣肯定地說：「不會。」

「真的？」我問。

「真的！」她回答。然後，她和我打勾勾，說：「騙人是小狗。」

我笑了，放心許多。很深的黑夜裡，第二個女孩，就這樣離開了。

站在窗邊，目送女孩遠遠離去，忽然間我感到前所未有的疲累，這一日的白天與黑夜都顯得格外漫長難耐。

這天睡前，我對著月光虔誠祈禱：

但願白天的女孩能夠體會她身邊的陽光是多麼燦爛，永遠珍惜。

但願黑夜的女孩不要畏懼身處的幽暗，永不放棄。

# 永遠的芳姊

偶爾，我會想起芳姊。

如果你曾經看過瓊瑤的經典電視劇《庭院深深》，也許會記得有個角色叫做「翠珊」。翠珊是弱智少女，頭髮胡亂綁成辮，五顏六色的衣服全掛在身上，最常說的台詞是「翠珊怕怕」。翠珊是愣乎乎的小傻瓜，芳姊就是我們家的翠珊，我生命中駐留過好長一段歲月的小傻瓜。

芳姊來到我家是我讀幼稚園大班的事。

當時我們家住在內壢的眷村，那個年代，眷村人手頭似乎都不闊綽，日子過得捉襟見肘。老媽為了補貼家用，利用家中一處邊間的房間，添些器材開了家庭式髮廊。從此，買菜經過的會來這裡喝涼歇息，下午閒暇時光則擠滿洗頭聊天的鄰居，我們家好似一個眷村女人補給站，或是，八卦俱樂部。

眷村裡，大江南北的人齊聚一堂，一屋挨著挨著一舍，沒有距離，沒有祕密，誰家打破一個碗，誰家買了一根蔥，誰家的孩子被罰站，誰家老公喝醉酒，都像是自家的事。你家煮飯的香味會飄來我家，也很正常，「四海兄弟、天下一家」，其實整個眷村就是一個家。

所以，芳姊一開始每天在孟媽媽家搭食，似乎也不算什麼稀奇的事。有天孟媽媽來跟老媽抱怨，白天家裡只有她一人，她實在懶得每天中午還得為了芳姊買菜開伙，因此她熱心遊說老媽：「小佩啊！妳心腸這麼好，反正妳餵兩個小孩跟餵三個小孩都一樣，乾脆讓她來妳家吃飯吧？」

據孟媽媽繪聲繪影的描述：芳姊是對面巷子裡魏先生的女兒，「魏先生啊，他欠了一屁股賭債，老婆也跑了，可憐他的小女兒，生下來就沒媽媽，小時候發燒又燒壞了腦袋，魏先生沒錢養她。我常常看見她餓肚子坐在家門口耶⋯⋯」

老媽耳根子軟，成長過程中，我和老哥撿回過流浪小貓、小狗、小鴨子、小兔子，她統統來者不拒，現在想起來，老媽的愛簡直沒有任何界線，對生命的包容是包山包海。我不知道爸媽討論了多久，反正在一個灑著陽光的午後，芳姊就這樣傳奇似地來到我家，走進了我的生活。那一年她十二歲。

一開始，芳姊每到午飯就會悠悠出現，也不多說話，吃完飯傻傻笑著，找個地方一坐就是一下午，吃完晚飯她就自己回家。後來，她在我們家的時間越待越長、越待越晚，有一個颱風天，老媽不敢讓她冒著風雨回家，她就這樣順理成章住進我們家了。

芳姊身上時不時飄著一股酸酸的味道，像是湯湯水水全攪和在一起發酵的怪味。老媽開始灌輸她衛生觀念，告訴她每天要洗澡。芳姊第一次在我家洗澡，老媽指著她身上的衣服跟她說：「這些衣服破破舊舊的，不要了，我拿新的給妳穿。」

洗完澡沒多久，芳姊穿著新衣服坐在客廳，一身舒爽香噴噴，朦朧的目光好似都清明起來。老媽很滿意，順口問：「妳原來的髒衣服呢？」

芳姊還沒回答，「咚咚咚」忽然門口襲來一陣急促的敲門聲，伴著隔壁姚伯伯急惱的叫嚷：「小佩！小佩！開門啦！」

我們急忙忙跑出去，姚伯伯氣急敗壞地指著他家屋頂，忿忿地指控：「小佩，妳看！我親眼看見是她搞出來的……」姚伯伯一指就指向芳姊。

原來，芳姊莫名其妙把她的衣服丟到隔壁姚伯伯的屋頂上，於是一件女生的裙子就這樣半懸在屋簷隨風晃呀晃，屋內的姚伯伯聽到屋頂聲音跑出來查看，一看差點昏厥，民風保守的年代，一件女用裙子光溜溜掛在門前，真是不害臊。姚伯伯整個臉氣得漲乎乎。老爸與老媽哭笑不得，只有搬出梯子，兩人一攙一扶爬上屋頂，在月光下撈裙子……

芳姊曾經因為高燒把腦子燒秀逗，這個傳言或許是真的，因為她沒有上學讀書，講話不清不楚，反應又慢又拙，不如一般十二歲的孩子那麼聰明伶俐，五歲的我正是她恰如其分的玩伴。

老媽每天忙碌於髮廊的工作，我們有大把的時間可以亂玩。我們會在榕樹下把一片片落葉，用細木棒串成皇冠；也會把五彩的花朵擠出汁液，搽在手指上當作指甲油。我們會趁著沒人在家時，把錄音機開得震天價響，然後穿上媽媽的大高跟鞋，隨著卡通《小甜甜》的音樂翩翩起舞；也曾經躡手躡腳爬到鄰居的屋頂上，只為摘取一片所謂「被噴上香水」的玉蘭花葉。

老媽不知道我們玩些什麼，但是老媽卻沒忘記，芳姊差點把我和哥哥弄丟……

由老媽的記憶拼湊起來，那天最後看到我們是傍晚時分，天寒地凍的冬日，老媽告訴芳姊只能在家門口玩，等會兒要吃晚飯，不能跑遠。一眨眼的功夫，天已經全黑，老媽出來喊人吃飯，四處找不到我們。

芳姊十二歲，哥哥六歲，我五歲，我們全消失在黑夜裡，任憑老媽扯開嗓子呼喚，只有風聲呼嘯而過。暗夜，全村總動員，熒熒的燈火遍地飄飛，小山丘、小溪邊、大樹下、大操場、廢棄的空屋，這些孩子常去的地方，都沒放過。

老媽嚎哭到全身癱軟，喘不過氣，只能跪在門口祈求觀世音菩薩顯靈保佑。村長最後在荒僻的田埂邊找到我們。應該就是迷路了，芳姊不知道該怎麼走回家。我瘦小的身軀凍成冰棒，臉色發紫，眼神呆滯，老媽誇張描述：「妳看起來好像快掛了，快把我嚇死……。」芳姊仍一臉平靜，依然活在世界之外。

幾年後，老爸決定舉家從內壢遷移到台北，但，芳姊該怎麼辦？

魏先生沒有想要留下她，反而希望芳姊跟我們一起走。我們沒有大富大貴的生活，多添雙筷子、同擠一張床，芳姊跟我們同吃同住多年，儼然是一家人了。

離開眷村，搬到台北這個大都會，我的童年似乎也漸漸落幕。然而就在我一年年成長的同時，我卻發現芳姊與我之間的距離。我會長大、會懂事；芳姊，不會。

她的智商並沒有因為多領了幾次壓歲錢而增長，肢體也沒有因為抽高長長而靈活。這樣的她反而成了我們家又好氣又好笑的活寶。

夏日炎炎，蚊子出沒，芳姊拿出殺蟲劑四處噴，最後噴死了後院哥哥養的小白兔，芳姊無辜解釋：「我怕蚊子會咬兔子啊……」

同樣體貼的舉止，還包括寒流來襲的大年夜，為了怕魚缸中的魚會凍死，所以芳姊打開加溫器，加熱再加熱，終於熬成了一鍋魚湯，魚魂暖殤。

芳姊不知好壞、無辨善惡，反應都是直白白的，所以她曾在老媽生病不想接電話時跟對方說：「我阿姨說她不想接你的電話……」害老媽趕忙從床上爬起來解釋。

她也曾經過服飾店，禁不住老闆娘的大力推銷，回家直接打開老媽的錢包，拿了鈔票去付賬，帶回兩大袋花花綠綠的衣服。老媽發現後，只有拎著芳姊，硬著頭皮去找老闆娘，一邊道歉一邊鞠躬，把衣服退還回去。

芳姊的識字能力不好，應該說，除了簡單的阿拉伯數字，她大概只認得自己的名字。有一年耶誕節，不知從哪冒出一個令她心儀的男孩，所以她想要趁著節慶送給男孩一張賀卡，在我幫忙寫完「祝福你佳節愉快」等等字樣後，我把簽字筆遞給芳姊，慫恿她：「妳要自己簽名才有誠意。」

「喔。」

「而且只能簽兩個字喔！」我再三強調。

最後我看見芳姊握著筆，歪歪扭扭簽出「魏芳」兩個字，而不是「芳梅」。

嗯，是我忘了交代，要簽後面兩個字才對。

日子翩然飛逝，不全然都愉悅舒適。

芳姊漸漸長大，已然是少女的身形，芳姊與我睡同一間房，老媽教會芳姊洗衣、打掃、做家事，魏先生常出現我們家，說是來台北看女兒，不過他匆匆來去，離去之前總沒忘記跟老媽調頭寸，簽下一張張借條，幾年下來累積了厚厚一疊。

有次魏先生突然風風火火來把芳姊帶回眷村老家，一去就是好幾個星期音訊全無。芳姊回到親生父親那邊，本來就是理所當然，我們雖納悶，也只能欣然接受。

但一通眷村鄰居打來通風報信的電話，讓老爸決定連夜開車下去將芳姊帶回；聽說她差一點被賣入火坑。但芳姊似乎不能領略世界曾經在一瞬間幾乎風雲變色。

這樣也好，我想。

有些事情太過明白只會更傷心而已。

等我再大一點，開始面對聯考這個令人煩躁的壓力後，芳姊成了每天替我送飯、接我放學的人。她很固執，總是不願意等到放學的時間再來接我，而是提早兩三個小時，呆呆地站在門口守候。

我常想，時間對她而言是不是一種具有意義的東西？

或者一分鐘和一小時對她而言都是一樣的？

又或者，當她等待的是我時，時間就不是需要被衡量的單位？關於這點我不敢深思，那只會使我心中升起莫名的愧疚，恨不得放下三角函數和《論語》、《孟子》，奔出教室。

在昏天暗地的國中歲月中，我和芳姊的交流就僅止於浮面的寒暄，我原以為這樣的關係不會更精進，直到有一天我看見她哭了。

我哭了、哥哥哭了、媽媽哭了，甚至爸爸哭了都不希奇，然而芳姊哭了卻不一樣。

從我有記憶以來，芳姊是不哭的，她只會笑，偶爾會鬧鬧脾氣，但是她不會哭。然而這次，她因為自己的外公去世而哭了。

我很驚訝，長久以來，我漠視了她也有悲傷的權力，我一直以為在情感上，她是個有缺憾的人，喜、怒、哀、樂中，她不懂「哀」。可是事實卻證明，其實她在情感上才是最自然不造作的，她笑，是因為她想笑，是因為她活得純淨，是因為她無憂無慮，但絕不是因為她不會哭。

我曾經為芳姊的婚姻擔心過，不知道她要去哪裡尋覓一個可靠的肩膀。事實證明，我是多慮了。

在她二十六歲那一年，真命天子出現了。相親認識，對方是忠厚老實的水泥工，據說他們一見鍾情。

總之芳姊結婚了，婚後與婆家同住。

我本以為芳姊一嫁人，便會從我生活中消失，但，才怪！

婚後的一個星期天，芳姊千里迢迢地帶著夫君來看我們。

一見面她就端出結婚照。

白色木頭外框上描著閃閃發光的金線，照片中的新人羞澀地擺著扭捏的動作，芳姊靦腆笑著，油漆味尚未散去，是幸福的味道。

然後，她把這幅裱好的、二十四吋那麼大的婚紗照遞給我，豪氣地說：「阿薇呀！送給妳啦，一定要掛在客廳的牆壁上喔！」

# 芳姊，過得好嗎？

小傻瓜芳姊小時候燒壞腦子，偏偏她媽媽早逝、爸爸好賭，三餐飯總有一頓沒一頓拖拉著，老媽心一軟，就收留了芳姊。

芳姊從十二歲來到我家，一直到二十六歲才相親結了婚。芳姊對於情感的表達十分生疏，記憶力也不佳。不過，婚後她斷斷續續努力撥著強記下來的電話號碼，來向我們報平安。

和她講電話很令人緊張，因為她總是打公用電話，我們一邊擔心電話隨時會斷掉，一邊必須東一塊西一塊地拼湊芳姊語焉不詳的談話內容。

比如我問：「芳姊，妳老公在做什麼的？姓什麼啊？」

芳姊笑笑回答：「他喔，他就在做水泥啊，他姓阿清啦！」

還有一次，我問：「芳姊，妳要不要生小孩？」

「有啊，我已經懷孕三個月了啦，下個月就要生了啦！」

「不對不對，懷孕要九個月才能生，妳才三個月，還要再等六個月喔！」

我記得七年前最後一次通電話時我問：「芳姊，妳住在哪裡？妳家電話幾號？我們可以去看妳啊！」

芳姊說：「電話喔，不知道啦，我家喔，就住在一條馬路旁邊，妳就從一個郵局轉進來就可以看到了呀……」

後來不知道為什麼再也沒有接過芳姊的電話，其實我們心裡擔憂她，只是對她的掛念在龐大的日常生活裡泅泳，只有偶爾浮上水面的時候，會有某個人突然問起：「芳姊不知道過得怎麼樣了？」

芳姊究竟過得怎麼樣，我們都很關心。她生孩子了嗎？阿清待她好嗎？婆婆會不會嫌棄她的不靈巧？她想不想家？她幸福嗎？她快樂嗎？

日前，媽媽輾轉問到她婚後的地址，但是沒有電話號碼，我們決定全家出動直接去探望她。

車子在公路上行駛，我的思緒在回憶裡遊走。芳姊的笑容在我腦海中依然清晰，但是她不甚清晰的腦袋裡面可還有我們？

桃園八德鄉的街道對我們這樣的外地人來說稍嫌複雜，一番尋覓，我們終於停在芳姊家門口——那是一棟鄉間常見的透天厝。

我在院子門口大喊：「芳姊！芳姊！」

一位三十多歲婦人體態的女人推開紗窗門，那是芳姊。分隔六、七年沒見，芳姊胖了許多，外型體態跟我印象中相去甚遠，不再是當年和我打打鬧鬧的少女了。

我們抵達的時候她的公婆不在家，阿清正要出門釣魚，五歲大的女兒在一旁嬉鬧，興奮拆食我們帶來的肉乾。

芳姊家極其簡單，挑高寬闊的大廳除了基本家具，什麼也沒有。雖不至於家徒四壁，但是要說整齊美觀，的確一點也沾不上邊。而且，地板布滿烏黑的陳年垢，供桌上堆積厚厚灰塵，桌椅用手輕輕一拂就沾黏了手指。繞到廚房，水槽裡面堆放未洗的碗盤，垃圾桶上有蒼蠅盤旋。我心裡有些難過，芳姊過得不好啊！

問芳姊每天在忙些什麼？她說，每天做早餐、買菜、做午餐、接小孩回家、做晚餐、洗澡、看電視、睡覺。十分平淡的一天。

後來，芳姊帶我們到屋外參觀，我們才恍然得知，屋外那一大片鮮綠蔬菜搖曳的菜園，都是夫家的；旁邊一整排饒富歐洲風味莊園別墅的地主，也是阿清。

這麼看來，芳姊其實嫁得不錯呀！如果願意，她其實可以擁有更好的生活環境，至少可以更清潔、更別緻。但為什麼做不到呢？我心疼芳姊，心裡卻很清楚答案，沒有經過學習與思考，我們怎麼能知道人生可以有多麼美好追求？如果心中沒有更細緻溫馨的想望，對於生活充其量只是就其所能供應的，滿足基本生理需求罷了。

不過，我也質問自己，幸福的定義是什麼？我憑什麼覺得這樣的日子就是委屈了？這樣的環境不見得很好，但也不是很壞，遮風避雨沒有問題，如果沒有更大欲望，日子也是能夠平平順順度過。

芳姊的環境條件客觀來說的確不好，可是如果她從來不知道什麼是「好」、什麼是「不好」，那也無從比較了。因為無知，所以無憾，也是一種變相的幸福吧！

或許一切冷暖能當事人評價，自己覺得心滿意足就好，外人是無需涉入的。話又說回來，關於「心靈富足」那一套，對於芳姊，那是大哉問啊！我的小傻瓜，已經是大人了，當媽媽了，有自己的生活了，我對她的憂心是多慮，對她的掛念是多餘。芳姊的世界已經和我漸行漸遠，小傻瓜愣愣傻傻終於找到可以倚靠的肩膀。無論如何我都感到喜悅。

就在我沉思的時候，芳姊五歲的女兒跑來我身邊扯著我衣角。

「阿姨，畫畫！」她手裡晃著圖畫本。

「好！阿姨陪妳畫畫。」

我接過圖畫本，不經意望見了封面上小女孩的名字。

她的名字是「憶薇」，回憶的「憶」，跟我一樣的「薇」。

我微微一震。

是用心？還是巧合？我不知道，我甚至懷疑過芳姊的智商如何能為孩子取名，但我的心一下子柔軟起來，好暖，好綿，好想哭。

離開前，我問她：「芳姊，妳快樂嗎？」

芳姊望著我，微怔，忽然她笑了起來：「呵，快樂啊！」

啊！那是我見過，芳姊最美麗的笑容。

這下，我終於可以放心了。

# 媽媽公主

在我們的教育中，我們深深教誨大家，不要以貌取人。但是對於美麗的事物，我們其實有天生難以抗拒的趨向性。去市場買水果的時候，乾癟過時的，往往乏人問津，那些光滑飽滿的，卻讓人趨之若鶩，如果一口咬下，還能夠名實相符的香甜多汁，就更加讓人讚不絕口了。

最近，受邀擔任一場公主選美活動的評審，一開始收到邀約，我不明白選美活動跟我會有什麼關連？後來經主辦單位解釋，才知道這場公主選美想仿照澳洲「全世界最棒的工作」青春創意的風格，參選者需要拍攝創意短片來競選，因為公主要有美麗，更要有智慧。而我必須針對「創意呈現」這部分做評分。

這場選美沒有年齡的限制，不過一般而言，女人過了二十五開始老化，到了三十開始拉警報，結了婚的女人掙扎在家庭與職場裡，早已不成人形、惶惶終日，自信心無限下滑，哪有閒情大方展現自己？正常預測，上了年紀的女人應該有自知之明，不會來參加

「公主」選秀。

然而，意外的是，幾百件蜂擁而至的報名影片中，竟然有許多三、四、五十歲的媽媽來報名。甚至還有一位六十歲的阿嬤，畫上眼影，穿上靚裝，巧笑倩兮站在公園湖邊拍攝短片，不放棄角逐「公主」的名號。

看著平常在廚房油煙焦頭爛額的媽媽們，拋下鍋鏟與圍裙，不顧皺紋與老皮，生澀地在鏡頭前笑著跟你說：「一定要選我喔！」說完自己又害羞地笑起來，我實在為這樣的勇氣感到佩服。

不過，現場一位德高望重的長輩評審對這個狀況頗有微詞。看見媽媽級的參選者，他提出質疑：「我們是在選公主耶！公主怎麼能結婚呢？結了婚就好好待在家裡煮飯嘛！」

看見阿嬤級的參選者，他更是搖搖頭：「唉呀！那麼老，又不是選皇后！年紀這麼大了，在家養老不是很好？」

我笑著說，「哎喲，別說老啦！算資深公主嘛！」

她們就算創意度不及格，但是勇氣度卻是滿分啊！誰說女人成了媽媽就要在家煮飯？成了奶奶就要在家打盹？

初審後，選出五十位佳麗進入複賽，複賽在一個陽光亮麗的假日熱鬧舉行。

評審有五位，每個人有五個牌子，標示一到五分。每一次表演後，我們可以舉牌給分，如果每個評審都給五分，那麼滿分就是二十五分。

那實在不光是一場公主選秀，而是動員整個家族的家庭活動，媽媽、爸爸、爺爺、奶奶、叔叔、嬸嬸、同學、鄰居全都出動，好像一場熱鬧的社區嘉年華會。一位候選人就帶來一個家族，吾家有女初長成的喜悅，在每個爸爸媽媽的臉上一覽無遺。

我也帶著我的老媽來現場同樂，老媽很久沒有感受這種青春活力，新鮮地看著大家表演。

許多青春美少女沒有在公開舞台說話、表演的經驗，顯得非常緊張，與主持人應對的時候聲音還會發抖，但是表演音樂一響起，彷彿被施了魔法那樣，不論是寫書法、舞蹈、唱歌、演戲、變魔術，神態自若，光芒漸露。

認真的女生總是迷人。

青春無敵的活力，奔放在暖洋洋的週日午後，怎不讓人錯覺，其實世界無限美好、充滿希望光明。

大部分的公主候選人都是帶著媽媽來的，獨獨有一位，跟大家不一樣……

中場休息時間，我在洗手間遇到一位公主候選人，她一身金黃色的肚皮舞孃裝扮，清涼惹火，身邊站著一位亭亭玉立的美少女。

她看見我，笑著介紹：「薇老師，這是我女兒！」

「妳女兒？」我大吃一驚。

「對啊！她陪我來比賽！」大家都是帶著媽媽來，只有她是帶著女兒來，這位候選人已經四十多歲。

女兒則是高中生年紀，長髮披肩，笑容甜美，母女兩人站在一起，一媚一俏，簡直不知道是誰要來參加公主選拔。

此時，老媽正好從廁所走出來，我也大方介紹：「這是我老媽！」

老媽看著辣媽肚皮舞孃露胸、露腰，身材婀娜，千嬌百媚，有些怔然。

於是，廁所的大鏡子裡，出現這樣的畫面：一位辣媽肚皮舞孃、一位清純高中女兒、一位歐巴桑老媽、一位年輕評審我，我們兩對母女、四個人站在一起，有種說不出的滑稽。

「等會比賽加油喔！」我鼓勵辣媽。

走出洗手間，我扯著老媽說：「媽，妳看，人家媽媽那麼辣！」

「她肯定不會燒菜。」老媽一股嫉妒，我大笑出來！

很快地，比賽進行到辣媽上台。

辣媽一上台就大方地跟大家打招呼：「大家好，我是今天候選人裡面出生年分數字最小的喔！大家都是七、八字頭，我是五字頭喔！還有，這是我女兒，她來幫我陳設道具！」

現場一片嘩然，我聽見身邊的觀眾驚呼著：「天啊！女兒都這麼大了！」

我側過頭，偷望那位德高望重的長輩評審，長輩面色凝重，有種不以為然的神態。看來，他還是很難接受當了媽媽的女人來角逐公主寶座。

音樂響起，兩分鐘的表演，先是一段口白，訴說一位埃及公主的故事，然後辣媽柔軟的身體開始隨著音樂緩緩扭動，風情萬種，笑容自信而陶醉，辣媽的一舉手一投足，充滿韻味。我在台下，深深感動。觀察現場，每個人的眼睛都亮了。

很快地，兩分鐘過去，音樂停了，表演結束。

「謝謝大家！」辣媽禮貌地鞠躬。台下歡聲雷動。

「好，這位辣媽公主的表演，評審會給幾分呢？請評審舉牌！」主持人說。

我毫不猶豫舉起手上滿分「五分」的分數牌，並且忍不住偷偷地再度望向長輩評審，我好奇，他會給什麼分數？

「好，現在只剩一位評審還沒舉牌……。」主持人說，現場目光都聚焦在長輩評審。長輩評審的手在一到五，五個分數牌間游移，猶豫半晌，終於，他決定了！他緩緩地舉起一個牌子……現場一陣屏息……

「五分！五分！五分！」主持人歡呼著：「現場評審一致都給了五分！恭喜辣媽公主！」

全場再度響起歡聲雷動的掌聲，久久不能停止。我看見長輩評審的嘴角輕輕抽動，一抹淡淡的微笑揚起。

也許他終於同意了，擁有才華與自信的女人，不論幾歲，都是光芒萬丈。會發光的，就是公主，就算是媽媽級的，又有什麼關係呢？

# 老媽逃學

我的老媽有厭學症。

「這家餐廳的紅燒『咦』好好吃喔。」她說。

「不是『咦』，是『魚』。」

「咦……」她拉長尾音。

「再唸一次，是『魚』。……像這樣，要把嘴巴嘟起來，發ㄩ，一聲魚……」

「咦……」她還是發不出來，很快就惱火，「啊我就不會唸，還一直要我唸……」

唉……

「我要聽〈往事只能回味〉。」她在我面前晃著CD。

「妳打開CD匣，把光碟放進去，按Play鍵。」我實際教學，「On在這裡，按下去就開了。Play在這裡，按下去就會開始唱。」

她瞇著眼睛：「這兩個長得都一樣，我不會。」

我彎下腰，仔細說明：「圓形是開關，三角形是Play，明明就長得不一樣啊！」
她反駁：「字太小我看不見，看起來就是一樣。我不會。」
隔天，她依然在我面前晃著ＣＤ：「我要聽〈往事只能回味〉。」
曾經我們一起走進肚皮舞教室，她中途離席就不再回來。
「妳不好好上課，當然學不會。」
「我就學不會了，要怎麼上課？」她振振有辭。
我沒有死心，帶她參觀社區大學園藝課，位於河堤上的一塊荒地。
「我為什麼要幫別人拔草拔半天？」
「因為拔草是學習園藝的一部分。」
「那我不要。」她轉頭就走。
千言萬語，再度化成一聲：唉……
但我還是沒有死心，《論語》裡面不是說：「夫子循循然善誘人：博我以文，約我以禮，欲罷不能。」循循善誘、循循善誘、循循善誘，我在心裡默唸三次。
這一次，是瑜伽課。
「劉小姐，妳要不要先幫妳母親預繳一年分？瑜伽要長期練習才有效喔。」

「不好意思，我媽逃學前科累累，我實在不敢一次買太久，我先讓她試試短期的課程。」

「瑜伽磚還有伸展帶，可以等妳母親來上課的時候再買。」

「我現在就買。」等她來，她一定不肯。「多少錢？」我馬上打開錢包。

「我幫妳報名了瑜伽課。」回到家，打鐵趁熱告訴老媽。

她眉頭一皺：「什麼瑜伽課？」

「可以健身又可以社交，就在捷運站旁邊，妳從家裡散步過去，八分鐘就到了。」

「我沒空。」

我耐住性子：「媽，櫃檯小姐跟我說，瑜伽是妳從幾歲開始練，妳的青春就會保持在那個年紀。」

「我已經五十七歲了……」

「呃……。我剛剛說錯了，瑜伽是不管妳幾歲開始練，妳的青春都可以回復到三十歲。」老天爺，我撒謊，請祢要寬恕我。

但老媽可沒有這麼好哄，她持續叨唸著：聽說很多教室都很髒，大家流汗流來流去很不衛生、空氣不流通、我會頭昏會喘不過氣會暈倒……

我頭皮快發麻了。

隔天，我再度走進瑜伽教室。

「不好意思，我要參觀教室。」

「咦？妳昨天不是來看過了？」

「昨天沒有看清楚，可以再看一次嗎？」

「好吧！」

小姐帶我進了教室，我張大眼睛四處打量。

「不好意思，請問逃生設施在哪裡？安全沒問題吧？」

小姐指一指窗邊，「窗戶打開就可以逃了。」

「不好意思，教室的冷氣流通效果如何？不會悶吧？」

小姐指一指天花板，「劉小姐，我們有兩台大型冷氣，絕對通風，妳放心。」

我一點也不放心，看見教室裡鋪地毯，硬著頭皮又問：「不好意思，請問你們地毯有定期消毒嗎？不會有塵蟎吧？」

小姐板著臉，瞪著我看。好吧，我知道這就是答案了。我來找碴，比衛生局還討厭。

此時，旁邊幾位大嬸已經換好衣服準備上課，我皺起眉頭：「請問一定要穿成這樣上課嗎？我是指……緊身的韻律服？要我媽穿成這樣，打死她都不會來的……」

第一天上課，老媽拎著她的書包，乖乖去教室報到，那表情之哀怨，好似我是一個殘忍不孝的女兒，拿刀架著她的脖子，要逼她上刀山下油鍋。

上了幾堂課之後，老媽沒動靜了。回來沒見她練習，也沒聽她提及任何教室的事情。

「妳交到新朋友了嗎？」我問。

「沒有。」

「不懂的地方，下課有沒有問老師？」

「沒有。」

「妳為什麼都不跟同學說話？」

「同學都會說她老公帶她出國去玩，還有同學一直講她在百貨公司買的包包有多貴……」

喔，原來是同儕間的比較讓她挫折。我試著再進一步關心：「那妳怎麼回應？」

「我就跟她說我的包包一百塊錢，是在市場黑豬肉阿蔡的隔壁攤買的……」

「妳真的這樣說？」

「我還說我老公每個週末都帶我去北海道玩，星期天晚上再飛回來上班……」

「妳真的這樣說？」我快昏倒了。

查了心理諮詢中心對「厭學症」的治療方式，我打算比照辦理。

方法一：激發孩童對於學習生活的嚮往。

「媽，妳去上課，就會認識很多新朋友啊！這樣妳撿到的那些流浪貓、流浪狗，才有人可以幫忙收養啊！」

方法二：家長要給孩子多一點擁抱與鼓勵。

「媽，妳好好在三個月內上完二十四堂課，我就送妳一個禮物，妳自己選，要什麼都可以。」

方法三：老師要細心關照能力相對較差的小孩。

「櫃檯小姐，不好意思，可不可以請妳跟老師說，多給我媽媽一點鼓勵，像是：好棒喔！可以站得這麼直，或是太厲害了！手可以舉高高耶！拜託拜託，這樣她比較有成就感。」

很快地四個月過去了。

「結果還是沒有上完，我還去幫妳跟教室求情，讓她們把效期從三個月延長到四個月。結果妳還是沒有上完！」我惱了，其中有一半是對自己的灰心。

「我就不喜歡上課嘛！」她也惱了。

「我這麼努力打拚，就是希望妳過得健康快樂，無憂無慮，有朋友可以聊天，想做什麼就去做什麼……，妳要懂得媽媽的苦心，不，我的苦心。」老天，氣到搞不清誰是媽了。

「為什麼一定要管我？我不能自由自在嗎？」忽然她長成到青少年叛逆期，繼續對我發飆：「我又不喜歡上課，為什麼一定要我去學校？管東管西，我有這樣管妳嗎？妳不喜歡人家管妳，妳還要管我！」

「妳自己都不喜歡上學，那妳以前怎麼叫妳的小孩去讀書？」

「我有叫妳讀書嗎？我都是叫妳不要去上學！」她吼著。

我一愣。

是的，她從來沒有逼迫我念書，尤其在我一場重病後，她甚至不希望我讀高中、考大學。她只要我快樂就好。成長過程中，我常常希望她可以管管我，告訴我要選什麼學校、要念什麼科系，可是她沒有。難道她很早就知道人生的路最後只能我自己走，她管不了也管不動，快樂就好。

她不跟我說話了，撇過頭，臉上都是委屈。

我眼巴巴地望著她，想著也許我真的錯了。

我希望老媽照著我期望的樣子長，可是她早就已經長成她自己的樣子。

我以為是誘導與帶領，對她來說是壓力與妥協。

我認為生命不管到了幾歲都該充滿活力，都該不斷學習進步。可是她身處的世界早已成形，能不退步就是一種進步，我為什麼還希望她更加精進？

她只希望我快樂。

我難道不能只希望她快樂嗎？

如果「學習」不能讓她「更快樂」，我為什麼要自以為高明地去指導她的人生呢？

好吧！不要去上課了。我們再也不要上課了。

「媽……」我喊了她。

「幹嘛？」

「沒什麼啊，就要跟妳說，今年母親節的禮物是我要帶妳去北海道玩。」

「真的？」

「真的！我們去泡溫泉、看薰衣草，好不好？」

「好啊！全家一起去。」她開心笑了。

老媽，從今以後沒有教室、沒有課表，妳不用再逃學了。

我帶妳出去玩就好，就這樣說定了，我當妳的導遊，妳只要負責快快樂樂的玩就好了。

逃學無罪，快樂萬歲！

祝福全天下的老媽，天天都快樂！

# 母女日

不知道從什麼時候開始，她漸漸不太交新的朋友，興趣是待在家裡，生活圈子越縮越小，社交活動是上醫院看病，所謂逛街只是上菜市場買菜。

她還愛美，可是她捨不得花錢去好一點的店。什麼叫做女人要寵愛自己，她一點也不了解。要買給她好一點的東西，她一概說不要。

五十多歲的我的老媽，到底在想什麼？

「媽，妳看，社區大學有園藝課、拼布課、卡拉ＯＫ課，妳要不要去？」

她撇撇嘴，搖搖頭。一點興趣都沒有。

「我陪妳去啊！」

「我不要。」她一口回絕。

「去交朋友，學新知識啊！」

「腦子裝不下了，浪費錢。」

「也有瑜伽課耶，不然我們去學瑜伽，對健康很好。」

「要健康，去公園運動就好了，花這個錢做什麼？」

「不一樣嘛！……不然這樣，我們去學跳舞，妳年輕時候不是會去舞廳跳舞嗎？我陪妳去學倫巴跟恰恰？還可以交交朋友？」

「我不要，跳舞我年輕就會跳了，幹嘛老了還要拿錢給人家學？」

說到底，她就是捨不得。

終於有一陣子，她看見電視上在介紹肚皮舞，心血來潮說：「這個舞，叮叮噹噹，滿好玩的喔？」我打鐵趁熱，馬上將我們兩個都報名了。於是每個週二成了我們專屬的母女日。我將事情都排開，每個週二下午帶她一起去上肚皮舞課。

只可惜，一期十二堂課都還沒學完，她開始失去興趣。中場下課時間走出教室休息，之後就不再回到教室上課。

「媽，妳要有做學生的責任感啊！繳了學費就要好好上課啊。」

「我不會跳。」

「妳上課都沒聽老師在教，當然不會跳啊！」

「我不會跳嘛！」

「不會跳也沒關係，妳只是來運動，又不是要上台表演？」

「反正我不會跳，我都五十多歲了，還學這個做什麼？」她兩手一攤，不肯繼續學了。

專屬我們兩人約會的母女日，很哀傷地迅速結束了。

直到有一天，她忽然對我說：「我好像老了……。頭髮都白了……」

我不知道五十多歲的女人，究竟要如何處理白髮的問題？還有白髮所帶來的心情問題？

她的白髮，讓她苦惱，也讓我很煩惱。

常常染髮，怕傷害髮質，染髮藥水用多了，也讓人擔心有礙健康。但是花白的髮，不可能當作沒看到，那白，是怵目驚心的提醒，提醒著年華已逝，青春不再，這讓她很不快樂。五十多歲歐巴桑的愛漂亮，是經濟式美麗，她自己買回染髮劑，自己在家亂染，堅持不肯花錢讓別人服務。

「染了又會白，幹嘛一直花錢給別人賺？」她說。

「妳自己染不好啊，有些白、有些黑，更不好看，我們交給專業的設計師處理嘛！」

「我不要。」她一貫地排斥。

「那妳就當作去享受一下，洗頭、按摩，很舒服的。妳怕染髮會不健康，我特別為妳找了這一家，在東區，它的染劑百分之九十三的原料是純天然的。」

「純天然？……」她半信半疑，馬上下了結論：「它騙妳的。」

「人家是有品牌的大公司，不會騙我們。」

「那……染一個頭要多少錢？」

「妳不要管錢嘛！」

「在東區的店一定很貴，我不要。」她又回了一句，「我都五十多歲了，都老了，還花這個錢做什麼？……。」

老媽到底在想什麼？五十多歲的人生不是更老，是要更好。我始終相信，人生不管幾歲，都有專屬於那個歲數美麗的韻味。將來我一定要當個六十歲的俏麗阿嬤，怎麼老媽才五十多歲就放棄了？

說服她去美髮店染髮這件事情，整整哄了快一年，她終於點頭。

繼肚皮舞之後，我們再度擁有屬於五十歲媽媽與三十歲女兒的一日約會。

「那今天就是我們的貴婦之旅喔！先去吃貴婦餐，再去染貴婦頭，再去逛貴婦街！」我興致勃勃對她說。

到東區，對老媽而言，就算是出遠門了。我發現，她擦了口紅，臉上有淡淡紅暈，這代表她很開心。

我們要從頂溪站搭到台北車站，再轉搭板南線到東區。才從家走到捷運站，十分鐘的路程她開始喊累。捷運車廂內，有一位學生好心讓座給她。

她有點開心，「可以坐著休息。」

又有點不悅，「我看起來很老嗎？」

「不會啦，等下頭髮染好，就變超級美麗。」我哄著。

然後，她扯扯我的裙襬，「妳坐，妳過來坐嘛！」

「媽……，拜託妳不要讓位給我。」我壓低聲音拒絕。

「那妳包包給我，放在我腿上。」她用手拍拍大腿。

「沒關係，不用啦，我提著就好。」

「不管啦！我拿啦！」她伸出手開始拉扯我的包包，很拗，其他乘客開始側目，我沒輒，只有依了她。

**第一站：下午茶**

終於我們到了第一站。

粉紫色的牆面，鏤空雕花的屏風，水晶吊燈，這間餐廳裝潢精緻典雅，我事先訂了位，要到二樓靠窗的位子。音樂慵懶輕柔，她無聲無息地覷著這個環境，眼神迷濛地望向窗外，盛夏陽光澄明，驚人透亮。

「Brunch，是 Breakfast 跟 lunch 結合，就是早餐跟午餐一起吃。」我認真解釋，她似懂非懂聽著。

服務生拿菜單來，她沒看菜色，只盯著價位看，驚呼：「這麼貴……」

「早餐跟午餐一起吃，是兩餐加在一起，這樣不算貴啦！」

「誰說的！明明就很貴！」

「妳餓了沒有？」我趕緊轉移她的注意力，為她擺好刀叉，「等下餐點就來了。」

「妳叫我早上不要吃，害我一直餓到現在，都十一點半了還不給我吃早飯……」

「Brunch 都是睡覺睡晚晚，快中午起床才吃的啊！」

「可是天早早就亮了，我睡不著啊……」她困惑。

上菜了。蔓越莓冰沙、凱薩沙拉、野菇燉飯、義式蔬菜雞蛋派、碳烤肋排、水果盤，菜色豐富，不過，她用叉子挑了挑，很不以為然的樣子。

「這蕃茄，市場一包才五十塊……這生菜，我去大賣場，好大一大包才……」

「媽……。」我求饒地望著她。

老媽有一種傳統中國人的悲性，有什麼事情先看不好的，再喜歡的東西捧在手裡，會先挑剔兩句。明明很開心，但是一開口總沒有好話。有時候，簡直不知道要如何取悅她。

## 第二站：美髮沙龍

第二站。

地圖我早已經看好，從餐廳到美髮沙龍店，只需要一個轉彎，五分鐘內的步行。

牽著她的手，走在東區的大街上。老媽的手變得好小，皺皺的，老媽身高也變矮了。人老了，就會開始縮水嗎？老媽乖順地依在我身邊，走在她不熟悉的忠孝東路，我牽著她，像牽著剛開始認路的孩子。

我為她撐起一把傘，她哎哎喲喲嘆著：「好熱，我快昏倒了。」

「好、好，轉彎就到了。」

見到設計師，我懇切叮嚀：「她容易過敏，染髮的時候請盡量避開頭皮，還有給她熱茶，別給她咖啡，她會失眠。還有，她右手在痛，按摩的時候麻煩小心一點。」

「染髮大概需要三個小時。」設計師說。

像托嬰一樣將她留給設計師，我不放心地再望一眼，老媽應該要學著長大，在陌生的環境也要學會自在。我決定不去想自己是不是太狠心了，最後轉身離開，晃去誠品書店。

三個小時後回來接她。她已經染好頭髮，設計師果然沒讓人失望，髮色自然生動，還為她吹了一個美麗的貴婦頭，鏡子裡的老媽，看起來整整年輕十歲，眼帶嫵媚。

「好漂亮啊！喜不喜歡？」我開心地問。

「嗯。」她淡淡回覆。這一次沒有抱怨，我很意外。

設計師說，染過這一次，以後不需要常常染，只要每個月來補染一次髮根，把長出來的白髮染黑就好。

「那我們直接預約下個月，下個月還要再來。」我爽快地說。順便用眼角偷覷她一眼。她沒反駁。

**第三站：百貨公司**

第三站。

離開沙龍店，我挽著她來到百貨公司。一樓的樓層裡，一雙雙流行時髦的鞋子在呼喚。高跟的、平底的、楔型的、亮片的、漆皮的、鑲鑽的……

「媽，妳選一雙鞋啊！」

「好貴！」

「貴一點沒關係，妳喜歡比較重要。」

「不要。」

「不然妳要買什麼？衣服？保養品？妳自己選……」

最後，她領著我到樓上，選了哥哥的T恤，叔叔的襯衫。

「妳不要光選別人的東西，妳要選給妳自己啊！買一件好看的衣服，穿出去逛街也很開心。」

「不要嘛！好貴。」

「我會付嘛！」我說。

她幽幽看著我，有些艱難地開口，「妳今天付那麼貴的餐點，又付我的頭髮，又付哥哥、叔叔的衣服，可是妳自己什麼都沒有買……」老媽問我，原來，她在心疼我。

「妳難得出門嘛！要給我服務的機會啊！付出無所求，服務最快樂嘛！……妳選一件衣服，漂亮一下嘛！」

「我穿那麼貴的衣服去菜市場買菜做什麼？我都五十多歲了……」

人老了就會這樣嗎？日子越過越簡單，想要的與需要的都越來越少，對世界失去好奇，對未來失去熱情，能夠守著一方寧靜，就是萬幸。我以為這樣的日子少了點心跳，她卻甘之如飴。漸漸地我無言了，拖著她買新衣服，對她而言不是享受，也許變成一種折磨了。

回家時已經是下班時間，捷運車廂滿滿都是人潮，沒有人讓位給她，但她心情真好，烏黑的頭髮，感覺年輕一點。望著玻璃窗上倒映的貴婦髮型，老媽看得出神。她想起，曾經的青春年華嗎？「我曾經那樣美麗啊……」這是老媽心中的聲音嗎？

「已經幫妳預約下個月囉，以後每個月我們都可以有一天母女日耶！帶妳出來走走逛逛啊！媽，妳說好不好？」我小心翼翼地詢問。

老媽想了一下，過了半晌，她露出小朋友看到糖果的表情，甜蜜蜜地笑著回我：「好啊！」

我鬆了一口氣，這一日，總算值得了。

# 關於跳舞，我說的其實是……

我剛剛跳完一首曲子，從舞台走下來。我的心跳還沒平撫，毛細孔微微冒汗，口乾舌燥，舞台強烈的燈光還印在我的眼底。腳踏在地上，感覺卻在飛翔。這是一個坐滿三百多位觀眾的表演廳。在一千人面前演講我不怕，在三百人面前跳舞卻讓我緊張三天。

兩小時的演出，二十四個表演，我僅分配到一個節目：一首三分鐘的中東舞曲〈巧克力〉，我和舞蹈教室另外三位同學一起上台呈現。

這是舞蹈教室的年度成果發表會，我是眾多學生裡面的一位。小小的我，短短的舞曲，但是依然像做一件驚天動地的大事那樣，認真準備閃亮亮的表演服。雪紡紗純白燈籠褲，配上粉紅色蝴蝶綴珠滾邊上衣，加上二百一十八枚響幣腰巾，還有眼神勾勾的豔麗舞台大濃妝。

六拍四拍，扭腰擺臀，表演結束，不知道坐在觀眾席的我的老媽，有什麼評語？

小小兒時，她曾經為我付了第一筆學費，讓我跳舞。

那是八歲，第一次踏入舞蹈教室。我們從鄉村搬來城市，鄰居一對如花似玉的姊妹在舞蹈教室習舞，小小年紀已經登台表演好幾次，鄰居牆上掛著演出照片，姊妹花笑容燦爛，飛旋的時候帶著一股天真的魅力，我一看就看出了神，很快地，跟著她們一起玩進芭蕾舞教室，對著落地鏡練習劈腿、拉筋與下腰。

芭蕾舞才學了一年，有天放學回家，我被家巷口叮叮咚咚的鋼琴聲吸引，不知不覺踏進鋼琴教室，驚訝地發現那些跳芭蕾舞時優美的古典音樂，原來可以自己彈奏，從此我便嚷著不要跳舞要彈琴，就這樣背叛了芭蕾。

很可惜，專注力只有三分鐘的我，一年後也放棄了鋼琴。音樂與舞蹈，在我成長過程中，只剩下欣賞的分。八大藝術硬生生缺掉兩個，甚為遺憾。

然而，我內在的靈魂始終蠢蠢欲動。

曾經，坐在台下看雲門舞集的《九歌》，巫女、荷花、山鬼、地火，充滿戲劇張力的神祕舞作，柔軟流暢，將我帶到史詩一般的夢裡。

曾經，我屏住氣息，崇敬地望著舞台上天鵝公主三十二個高難度的回旋轉圈，柴可夫斯基的《天鵝湖》從此在我心中至高無上。

曾經，在失意的時候看愛爾蘭的踢踏舞，震撼於鏗鏘有力的齊步，又在輕快幽默的節奏裡會心一笑，低潮的心情不由自主高亢起來，啊，我好想跳舞。

曾經，在紐約看非洲舞表演，當屬於沙漠與草原的音樂響起，風一陣似地吹過我臉頰，啊，那一刻，我真的，好想跳舞。

等到我再度踏進舞蹈教室，已經是研究所畢業的年紀。那時候，我顯少運動，肢體僵硬，可說是一身硬繃繃的老骨頭。但，我．要．跳．舞。

我開始在不同的舞蹈教室學習，這些年來斷斷續續嘗試了騷沙舞、爵士舞、芭蕾舞、現代舞、Hip Hop……

有些舞蹈一個人就可以跳，有些舞蹈要兩個人才跳得起。有些時候我有舞伴，大多時候我沒有。有些教室很老舊，有些教室新潮又昂貴。

曾經跟金髮碧眼的外籍老師學過舞，也曾經跟業界響噹噹的名師拜過藝。轉換一間又一間教室，學習一種又一種舞步以後，我終於體悟，我的舞步，不想再為誰耽誤。不想因為舞伴的不確定，讓我的進步停滯。

也總算知道明星舞者不見得會教舞，明星舞者來教室是享受學生讚嘆的目光，並不是希望學生像她一樣會跳。

也在衡量自己的能力後，知道交通方便、離家近，才是最貼近自己需求的教室。

說到底，跳舞跟戀愛一樣，尋覓一種適合自己的舞蹈，找到讓自己自在的教室，都需要多多嘗試，經歷一再的希望與失望，才能有舒適的棲身之所。

村上春樹的書《關於跑步，我說的其實是……》，寫他長年跑步的經驗與思緒。我覺得每個人都該有一本屬於自己的《關於ＸＸ，我說的其實是……》，那ＸＸ，可能是跳舞、單車、彈琴、游泳、登山、跳水……。人生中擁有一件漫無目的的興趣，享受在一個人的時光裡沉思與對話，是一件好棒的事情！

這一年來學習肚皮舞，一開始是陪著老媽走進教室，見見世面。後來老媽任性地走出教室不肯再學，剩下一個人的我，還是要跳舞。跳給老媽看，什麼叫做持之以恆；跳給自己看，因為我想要跳舞。

我肢體不柔軟，舞技不怎樣，但是我想要跳舞。不是要做舞者，也沒有要登上國際舞台，沒有任何目的，只因為跳舞的我十分快樂。每一次舞動肢體，都是一次與自我的深層對話，在身體無垠的宇宙裡探險與創造，樂此不疲。

一週一次，有時一週兩次，偶爾蹺課，停停走走，就這樣跳到了成果發表會。放眼望去，熱熱鬧鬧的場子，有老公來看老婆跳舞，有男朋友來為女朋友獻花。我只邀請了親近女友幾位，大家一場歡喜，不必多禮。

老媽眼神卻是幽然。

老媽，請不要為目前單身的我擔憂。

老媽，請妳要跟我一樣相信，未來有一個很好的他會懂得我的舞步。就算不懂，他也願意欣賞。我們會手牽手一起跳舞，我們知道當一個往前進，一個就要往後退。要是踏錯舞步，一不小心踩到了對方的腳，笑一笑，過去就好。

老媽莫急莫慌，妳該跟我一樣享受現在。此刻當下，燈光正美、音樂正甜，我一個人跳舞，舞步正是美麗。

我現在比以前更自在，今年比去年更快樂。我喜歡每個年歲的自己。

所以，現在的我，想要跳舞，與別人的眼光無關。

不是為了一束捧花而跳，也不是為了台下的掌聲而跳。

想要跳舞。快樂的時候，想要跳，悲傷的時候更不能不跳。

想要跳舞。生命順遂的時候我要跳，滿是傷痕的時候，更要跳。

想要跳舞。晴空萬里的時候我跳舞，颱風來臨的時候我也不停止。

無言以對的時候就跳舞。哭不出來的時候也跳舞。

想要就這樣跳著、舞著，就算老態龍鍾，也要有優雅的舞步，在音樂終了的時候燦然謝幕。

所以現在，此刻當下，我決定關上電腦，跳舞吧！

# 智慧型笨蛋

有一天，電視台長官與我相約開會，我們約在製作公司見面。

當天我到得比較早，很快地開好電腦，準備要進入工作狀態。

長官一通電話來，「薇，妳已經到了？」

「是啊！」

「我在咖啡廳吃早餐，我現在馬上過去。」她說。

「沒關係妳慢慢來。」我說。

沒多久，她來了，雙手捧著開機的手提電腦一路走進來。

我納悶地問著：「妳為什麼要一路捧著電腦來啊？」

「最近網路軟體一直強迫使用者要下載新版本啊！我剛剛在咖啡廳想等它下載完，但網路好慢，可是妳又已經到了，我想我邊走邊下載，等我走這裡，應該就下載完了吧！」

我瞪著大眼睛望著她，「妳有沒有覺得哪裡怪怪的？」

「沒有啊！現在應該下載完了吧！」她邊說邊低頭查看電腦，驚呼一聲，「啊！斷線了！」

「當然斷線啊！妳離開那家咖啡廳的時候就沒有網路啦！」

「啊！對喔！」她敲敲腦袋，真不懂自己怎麼會忽然秀逗。

「哈哈哈，太離譜啦！」我整個人笑彎了腰，久久站不起來。

就在此時，一旁的製作人開口說話了，「這沒什麼。」這位製作人以前是王牌編劇，寫起戲來架構縝密，張力十足，是一位嚴謹的創作者。

然而，此時她悠悠地說著：「我家停車場在地下室，每次回家，我都要在門口按遙控器，等鐵捲門慢慢打開。我是沒什麼耐性的人，於是有一天開車回家的路上，我忽然異想天開，不如我現在就先按遙控器，那麼等我開車到家門口，鐵捲門不就已經開好了嗎？」

於是，這位製作人在離家兩條街外的地方就開始按遙控器，以為這樣門就會開了……

「哈哈哈，太離譜啦！」換長官大笑著。

「還有人比我更笨的嗎？」製作人無奈地兩手一攤。

此刻，換我笑不出來，緊張又汗顏，簡直不知道該不該供出自己的壯舉。人難免會有當機的時候，一時秀逗實在不算什麼，但是如果一直秀逗……

話說三年前，某大百貨公司週年慶的時候，我很快地「殺紅了眼」，一舉跨越滿額禮門檻，輕鬆獲贈一台智慧型大廈扇，百貨公司小姐畢恭畢敬地將大廈扇遞給我，親切地對我說：「這台是智慧型的，可以定時喔！」

「好好，我知道了，謝謝、謝謝。」我千恩萬謝地將大廈扇扛回家。然後，我腦海中只記得一個關鍵詞——定時。這個關鍵詞像是一個神祕咒語，就這樣暗暗地藏匿在我潛意識裡面，從那天開始，每當我使用這台大廈扇，我從來沒有忘記要「定時」。

定時一次最多一百二十分鐘，也就是兩小時。每兩小時後，大廈扇就會自動停止。不論我在屋裡的哪一個角落，我就要移動步伐走回大廈扇，重新定時。說真的，我實在搞不懂它智慧在哪裡？

「定時」這件事情後來嚴重困擾我，尤其在睡覺的時候。我的臥房，每到夏天悶熱的晚上，有個戲碼不斷上演：

我將大廈扇定時兩小時，然後上床睡覺，兩小時到，大廈扇停止運轉，我熱醒，我起身，我將大廈扇定時兩小時，然後上床睡覺，兩小時到，大廈扇停止運轉，我熱醒，我起身，我將大廈扇定時兩小時，然後上床睡覺，兩小時到，大廈扇停止運轉，我熱醒，我起身……

以上那一段話，我只要用電腦打一遍，就可以用拷貝、複製、貼上，重複好幾遍。這段畫面像是ＤＶＤ按下了重播鍵，不可思議地組成了我連續三年的夏夜。也許我個性中有種逆來順受的認命，雖然相當苦惱，但我也隱忍下來，相安無事地包容大廈扇奇怪的「智慧」，就這樣一年又一年過去。

時間過了三年，終於在今年的夏天，我漸漸有種忍無可忍的不滿，睡眠不斷被中斷，讓我的火氣越來越大。

「我快發瘋了！我睡不好，脾氣很差！」有一天，我忍不住對劇組統籌抱怨。

「妳怎麼了？」統籌一向最疼我，他總說把我照顧好，讓我順利交劇本，是他的責任。

「我不管，求你帶我去買一台電扇！我真是受夠了那台智慧型大廈扇！再這樣下去，我什麼都寫不出來了！」我牢騷沒完沒了。

「妳的大廈扇壞掉了？」

「不是！它沒有壞掉，只是它一直要我定時，我半夜都被熱醒，還要重新定時，真的很麻煩耶！這樣的大廈扇到底哪裡有智慧？我覺得它笨得可以！到底是誰設計出這樣的笨蛋產品啊！」我長久的委屈一口氣發洩出來。

統籌聽完我連珠砲似的抱怨，納悶地問我：「薇，那妳不要定時，不就好了嗎？」

「怎麼可以不要定時？百貨公司送我的時候就說過是要定時的啊……不定時它怎麼會動？……」

越講越覺得怪，咦？難道不用定時，大廈扇也是可以動的嗎？

這下可嚇壞我了！

「薇，相信我，不會有人設計出這種強迫妳定時的產品。」統籌正經而嚴肅地告訴我。

「噢……！是嗎？」

當天晚上，我半信半疑，「難道，真的可以動嗎？」我怯生生地伸出手，按了一下開關鈕，一瞬間，神奇的事情發生了！它動了！它真的動了！我沒有定時，它竟然真的一樣會動耶！我驚駭不已。然後，我小心翼翼地躺上床，懷抱著又期待又怕受傷害的心情入睡，竟然真的一覺到天亮！

不用定時，它會動，會一直動，直到天亮耶！這個發現實在太驚人了！於是，隔天一大早，我迫不及待將這個石破天驚的消息報告老媽：「媽！媽！妳知道嗎？電扇不用定時也會動耶！」

老媽看著我，好奇怪地說：「廢話，電扇不用定時當然可以動啊！」

「咦？妳也知道？那妳怎麼沒有告訴我？……」

老媽頭上開始冒煙，毫不客氣地劈頭就罵：「我怎麼知道妳這麼笨啊！」

對啊！我怎麼這麼笨啊！一笨還笨三年！

後來我仔細一想，我當然是知道的啊！電扇不用定時當然可以動啊！可是怎麼會莫名其妙地被制約了三年呢？

這讓我想起求學時代讀到史金納的制約試驗——將老鼠放進箱子，肚子餓的老鼠誤觸桿子，食物就會掉下來，久而久之，老鼠失去了思考的程序，看到桿子就等同食物。而我，看到大廈扇，就等同「定時」，長久下來成了習慣，便被制約了（瞧，慣性扼殺一個人有多可怕）！

不過我也不用為自己找什麼藉口了，當我把這個智慧型大廈扇的故事講給大家聽，所有的人都笑瘋了，原來大廈扇還是有智慧的，不折不扣的笨蛋是我啊！

# 哭泣並前行

最近大環境不景氣，朋友間開始出現一些狀況。被裁員的，一臉錯愕。為公司做牛做馬，連約會都沒時間，竟然被裁員？忍不住大喊天理何在！

變相減薪的朋友，危機意識油然生起，誰知道下一波裁員會不會輪到自己？是不是該先想好後路？

畢業後一直找不到工作的學生，不免失去自信。說起投遞兩百份履歷才換來一個面試，忍不住潸然淚下。

在一片哀嚎聲中，朋友蓓蓓卻說：「拜託！誰說一定要哭泣？」

「景氣是真的很差。最近來我們醫院尋求幫助的病人中，很多人是得憂鬱症的。」蓓蓓在醫院做事，第一線接觸人間的生老病死，這波不景氣，醫院可沒受影響，失眠的、憂鬱的、焦慮的病患大增，被裁員的、減薪的、找不到工作的，為生活壓力感到喘不過氣的人，一時難以調適，紛紛來求醫。看著這些患者，蓓蓓雖然同情，但心中掛念的卻是另一群患者。

「我主要負責的是乳癌中心，那些受到景氣波及的人，等景氣好轉，兩年三年後，苦難總會過去。我看到更多是癌症病患，人如果要生病，可跟大環境好不好，一點關係都沒有。

被裁員是措手不及；得癌症，也是措手不及。差別在於，前者擔憂的是日子過不下去，後者擔憂的是生命活不下去。」

但是，痛苦畢竟是無法量化比較的，每個人承受挫折的能力不同，誰也不能說誰的幽谷比較陰暗，誰的地獄比較悲慘。

「不過我相信，一個人的個性，決定了他的命運。」

「喔？怎麼說。」

「誰的人生不會遇到低潮啊？但是我在病房中發現，個性中有著樂觀特質的人，什麼事都打不倒！說出來妳都不相信，得癌症的人，有一半是被自己嚇死的。我在醫院最苦惱的就是苦苦哀求病人來做治療。」

「難道有人生病了卻不願意治療嗎？」我質疑。

「太多了，許多人其實只是癌症初期，病情不嚴重，很容易就可控制，但是病人自己嚇自己，不肯接受事實，沒有勇氣面對，最後以悲劇收場。我最沮喪的就是看見明明可以治好的病人，後來卻快速惡化逝世。」

當然，有一種人，面對人生低潮，會以默默靜定的強大力量，慢慢地度過難關。如同，蓓蓓跟我陳述，靜的故事。

靜，二十六歲，儀態大方，是標準的長髮美女，在大企業任職，前程似錦。然而不久前，她被檢查出罹患乳癌。

靜來醫院檢查的時候是一個人。來看報告的時候是一個人。開完刀，每隔三星期要接受一次治療，也是一個人。

相較一些呼天搶地、全家愁雲慘霧的病人，靜的冷靜、獨立、堅強，讓蓓蓓好奇又敬佩。遭逢人生巨變，年紀輕輕的靜竟然不哭也不鬧，堅強得讓人難以置信。

有一天，靜出現的時候，烏溜溜的長髮變成俏麗短髮，蓓蓓讚美她的新髮型，問她怎麼忽然將長髮剪去，靜展開笑顏，爽朗地說：「反正當我開始做化療，頭髮也會掉光光，不如我先換個新髮型。我想剪這種流行的鮑伯頭已經想好久了，之前一直捨不得把長髮剪短，現在反而找到機會了。」

不但如此，靜還抓著蓓蓓興奮地說：「我還買了好幾頂假髮耶！什麼造型都有，五顏六色的髮色都有，以後等我頭髮掉光了，我可以隨時有千變萬化的造型，還可以省去上髮廊的時間呢！」

當然，要這樣開朗笑著絕非一件容易的事。靜說，知道罹癌的那星期，她在家裡崩潰痛哭，心裡忿忿不平，怨怪命運不公：為什麼是我？我又沒有做壞事，工作也很努力，我還這麼年輕，為什麼是我？

靜也曾萬念俱灰，考慮乾脆辭去工作，自我放逐，反正要活可能也活不久了！這真的是她人生中最黑暗的時刻。

但是，當淚水流盡，靜開始思考，她雖然罹癌但還不到末期，老天還是給了她一線生機，讓她好好思考未來人生的道路該怎麼走。那麼她為什麼要放棄？

既然事情已經發生了，愁眉苦臉也沒有用，不如好好想辦法。哭也是一天，笑也是一天，那麼她為什麼一定要哭泣？

現在是人生的低潮，不表示低潮永無止盡，一切還是充滿希望。只要能活下去，日日都是好日。

轉換心境後，靜不怨天尤人，也不覺得自己特別悲慘，她依然每天進公司上班，過正常的生活，運動保持體力，學會和疾病相處，在醫院治療的時候還能夠鼓勵別的病友。

「我相信她一定會戰勝病魔，因為有這樣強大願念的人，已經服下最好的特效藥。」

蓓蓓說。

於是，當蓓蓓穿梭在病房裡，看著近日湧入失眠焦慮的病人，甚至選擇自我放棄生命的人，再轉個頭，對照已經戴上假髮，努力要快樂活下去的靜。

蓓蓓感慨地說：「我當然同情不景氣下的受害者。但是在醫院待久了，我只能說，只要還活著，實在沒什麼好害怕！」

至少靜的例子告訴我們，就算是在行在幽谷中，前方伸手不見五指，一個個性堅強樂觀的人，用爬的也會爬出來！

面對人生無常的際遇，我們可以鬱悶、可以失望，但絕對不能絕望。

即使事發當時，哭得天崩地裂，也要邊哭邊拭淚，邊爬邊仰望。

哭泣並前行，總會帶我們度過難熬的關口，走到微笑舒展的坦途。

# 愛的發光體

金燦燦的陽光灑進庭院，又到了我無法抗拒的季節。每當秋天第一片葉子落下的時候，我想去流浪。

青春時候的流浪非常詩意，提起行李，說走就走，邊走邊想。

總是有出發日期，沒有歸期。有起點，沒有終點。很少規畫，不排行程。每天睡醒的心情決定今日的何去何從。有時我有旅伴，大多時候單獨上路，就算擁有旅伴，也會說好了，隨時解散，定點再聚，所以，不管有沒有旅伴，我很習慣一個人。

陌生的環境、聽不懂的語言、常常的迷路，我有時像不知所措的小孩，但是我卻從不畏懼，我知道只要帶著新奇的眼就足以豐富旅程。

好多的意外串連成一個個難忘的故事，意外遇上的人、意外發生的事，意外降臨的慌張與喜悅，那些意外曾經讓我青春的生命充滿驚喜。

於是我，曾經在墨西哥漂流，曾經在以色列的沙漠露營，曾經在深夜的死海漂浮，曾經穿著比基尼越過叢林，曾經在神祕小島目睹天空掉下魚，曾經走到以為是世界的最後一個深谷。

因為這樣流浪過，因為在世界的任何角落都能自在，因為跟反叛軍、小竊賊，我也能把酒言歡。

因為知道一天只吃一餐我也快樂無比。

因為住過貧瘠的荒漠，因為走過無盡的長路，因為領受過陌生人的好意，也差點涉入壞蛋的陷阱。

因為知道世界的豐富永遠不會讓我失望，因為知道我的人生可以無限驚喜無關乎華廈美衣。

我的人生從此無入而不自得。

如今我的腳步停留在愛的身邊，停留在尋常的日常生活，但我從來沒有一刻如同現在這樣，深深感到整個宇宙已經在我胸懷。

即使我就坐在電腦前面，等著我的是奶瓶、尿布、嬰兒車，然而每一天我都有新鮮的心情，每一天都是全新的一天。

我多麼感謝老天在青春時期賜給我許許多多的故事，讓我看過繽紛多彩的世界，讓我流過酸甜苦辣的眼淚，於是我的內心充滿了愛，能夠去付出，源源不絕。生命的每一段歷程都讓我們的內心不斷豐富，能夠將這些內化成愛人的能量，我們就會開始發光。

我相信，匱乏的人招致匱乏，富足的人招喚富足。無力付出的人將無法獲得。成為愛的發光體，上天會給予內心富足的人他所祈求的一切。

# 我記得，沒有忘記過

意外收到一張照片，寄照片給我的人是小學三、四年級的同學，「妳還記得我嗎？」同學捎來這樣的問句。

這張照片，應該是要升上五、六年級分班前，全班的團體紀念照。認真地一一看著照片上童稚青嫩的面容，遙遠熟悉的感覺慢慢靠近。千仟，班上和我一樣有著早熟祕密的女生，總和我竊竊分享心事。

「將來誰先結婚另一個就要去當伴娘喔！」那年夏天，她躺在我的床上，把腳抬得高高的，抵著牆，一頭長黑髮流瀉成河成瀑，髮絲那樣光滑明亮，輕盈得沒有一絲愁緒。

「而且不管是誰，都一定要幫伴娘租超漂亮的禮服喔！」好，一定要！打勾勾！

千仟為人妻了嗎？最後誰是妳婚禮上的伴娘？誰陪妳曳著白紗走過紅毯？Say Yes 的時候可曾猛然想起童稚時的約定？

阿輝，黝黑精實，體育一級棒，滿口髒話，課本裡的每一個字都和他有仇，走路的時候頭仰得老高，一副屌樣，用蠻橫掩飾慌張，用不在乎掩飾內心的叛逃。總是用盡全力在躲避球場上Ｋ死全體女生，與所有女生為敵，但是，但是啊！那一個檢驗眼睛視力的傍晚，老師宣告我近視了，從此要戴上厚厚醜醜的眼鏡了。我，縮回座位，嚶嚶哭泣起來，阿輝挨到我身邊，有力地遞給我一條手帕，粗聲粗氣說：「不要哭啦！妳就是這樣愛哭，眼睛才會哭壞掉！」

阿輝長大了嗎？有沒有一個女生，讓你放下了倔傲，傾盡溫柔真實地相待？有沒有一個女生，看出你的慌張，給你擁抱，告訴你別再逃了……

小琦，聰明強勢的女孩，永遠不服輸，而我的白淨軟弱讓她更加想要欺負我。某個夜晚班上同學有聚會，後來驟然下起大雨，聚會臨時取消，她卻不讓同學告知我，她說，就要讓我淋雨白跑一趟。

得知這件事情後，我躲在家裡哭了好久好久。為什麼要這樣討厭我呢？我只是一個快要沒有爸爸的小孩，我只是一個快要沒有家的小孩，我只是，我只是……軟弱了一點點……

小琦，聽說妳結婚了，生小寶寶了嗎？給他一個溫暖的家好嗎？不然，他也會在班上成為另一個像我一樣軟弱的、怯生生的小孩……

而寄給我照片的你，你說你小時候愛誇口，騙我說你家裡好有錢，怎麼花都花不完，還遊歷過全世界，招搖撞騙只是要引起我的注意。你告訴我，你的位置就在照片上誰與誰的中間。

我依著人頭仔細找著，啊！原來是你啊！我記得，沒有忘記過，黑黑瘦瘦小小，一群男生裡你屬於跟著別人屁股後面起鬨的那種。

對我扯下那些漫天大謊，只是為了讓人注意到平凡不顯眼的你嗎？

你說，當年那個小毛頭，現在竟然變成一個多愁善感的男人，照顧流浪狗、去偏遠國小服務，看著電影《情書》與《麥迪遜之橋》就會激動落淚……

啊！原來現在的你是這個樣子呢！

謝謝你寄給我這張照片，我也變了，變成一個收到這樣一封信就會激動落淚的女人。我比較勇敢了，不再讓「家」傷害我，而是學會保護我的家，捍衛每一個人。而關於那一切，那照片裡的風與溫度……，你問我記得嗎？我記得，都記得，從沒有忘記過。

# 初次見面，你好嗎？

成為孕婦，會讓女人有「三千寵愛集一身」的錯覺。好比，家裡餐桌上所有佳餚都會先進貢來妳面前；好比，無論多麼有男子氣概的老公也得彎下腰為妳水腫的小腿按摩；好比，工作狂小鬍子，要從上海回來陪我幾個月，正式把我排在工作前面，實在受寵若驚。

有天，我陪小鬍子去百元理髮店剔頭，他的新造型短短的三分頭，像黑道老大那樣。走出百元理髮店，小鬍子摸摸光溜溜的頭，露出非常滿意的表情說：「我好喜歡光頭。」

依偎在他身旁小鳥依人的我，甜蜜蜜蹦出一句：「我好喜歡懷孕！」

「我好喜歡光頭」跟「我好喜歡懷孕」八竿子打不著，但是在那個幸福的當下，我覺得「喜歡」的感受是一樣的，因為他的「光頭」跟我的「懷孕」，都是打從心底的心滿意足，百分百的愉悅。

懷孕接著就是生子，看起來是同一個歷程，不過，「懷孕」跟「生子」，絕對是兩件不一樣的事情，我喜歡「懷孕」，但是我喜不喜歡「生子」呢？呃，這個嘛……

後來事情怎麼會演變成這樣，其實我到現在還是迷迷糊糊。

電視裡總是這樣演：一個大特寫，產婦表情痛苦，不斷使力，汗水涔涔。忽然傳出一陣響亮的哭聲，鏡頭帶到準爸爸驚喜的笑容，下一幕，母親溫柔地懷抱著襁褓中的嬰孩，爸爸在一旁感動地呵護著母子……

一般就演到這裡，畫面戛然而止。氣氛停留在幸福、祥和、喜悅。

但，後來呢？

產婦生完孩子以後呢？我困惑著。

因為電視沒有演，後來會怎樣，對於沒生過孩子的我來說，實在不太清楚，也不太關心。反正千千萬萬的女人都成了媽，人類千千萬萬的歷史也一直這樣自然演進，生孩子雖然是一件了不起的事，但似乎又是一件極其平凡的事。嗯，肯定沒什麼大不了的。

直到結婚後，很快地我發現我懷孕了，這件沒什麼大不了的事情，我忽然有不得了的驚醒。

好比，痛。

大家都說生孩子很痛，但是「痛」的感受很主觀，有多痛，實在難以具體。
有人說，就像被卡車輾過一遍、兩遍、再來一遍，那樣痛。
有人說，比手指被門夾到還痛一百倍。
也有人說，把拳頭硬是塞進鼻孔裡，看看有多痛，你就知道了……
荷蘭有兩位壯碩的男主持人為了體驗女人分娩的痛，突發奇想讓護士在他們的肚皮接上電流，模擬子宮收縮。電流一接通，他們開始扭曲、抽動、打滾、咬棉被，不到兩小時便舉白旗投降，最後心有餘悸地發表：「我終於明白女人生孩子為什麼會飆髒話了。」
總之，只要經歷過孩子的痛，以後不管是牙痛、經痛、頭痛、腹絞痛，統統不算痛，進入曾經滄海難為水的悟道境界。
女人堪稱最矛盾的動物，明知道會痛不欲生，還是勇往直前，光是這樣的勇氣，就讓人納悶也佩服。而我，也已經回不去了，肚子一天天大起來，我一天天倒數計時，等待那痛苦的凌遲、天使的降臨。

宣布李安第二度獲得奧斯卡最佳導演獎的時候，我托著三十九週的大肚子歡呼：「舉國歡騰，普天同慶！」當天傍晚，我興致勃勃坐在電腦前研究奧斯卡名單，忽然間，大腿內側湧出一股暖流，我站起來，水沿著大腿嘩啦啦落下，一陣驚慌，這肯定就是破水了。趕緊打電話給小鬍子，「阿里……」強作鎮定說，「我破水了。」那頭揚起緊張的聲音：「我馬上回來載妳。」

電話掛掉，老媽從樓上下來，我平靜報告：「媽，我破水了。」

「啊啊，現在怎麼辦？」老媽慌了，這問題真奇怪，她生過兩個孩子，怎麼還問我？

「媽，妳不要緊張，我先躺著，等阿里回來，不然我怕臍帶掉下來……」

才等了一分鐘，我們都開始心慌，現在是下班塞車時間，小鬍子回來不知道什麼時候？

「要不要叫計程車？」我問。

「不，我們叫救護車！」老媽拿起電話就要撥。

救護車？要勞師動眾，我不好意思。

正好叔叔下班回來了，全部人馬上上車，車飛彈出去，往醫院駛去。偏偏下班時間紅燈特別多，一亮，竟然要等九十秒！

九十秒！全台北市的車子都可以等，但是我的寶寶不能等了啦！我緊緊抓著車頭的手把，羊水不斷流出，椅墊已經淹水。到了醫院，小鬍子已經準備好輪椅，火速推我上待產室。可能是緊張，也可能是羊水濕了我滿身，我不斷發抖，覺得好冷好冷，護士量我體溫，老天，我．發．燒．了！

懷孕過程小心翼翼不讓自己感冒，沒想到在最後一刻竟然發燒了！功虧一簣。羊水破了，又發燒，我被迫整個產程必須注射抗生素以防感染。

同時，護士拿來一份「分娩同意說明書」，她表情正經地叮囑我：「一定要全部看完才可以簽名！」

於是我認真讀了一遍，越看越頭皮發麻。生過孩子的媽媽們，不知道妳是否也有把這份同意書認真看完呢？我個人讀完，湧起一股拔腿想逃的衝動，奈何身不由己。請容我隨意列出幾點，供各位細細咀嚼：

有1/200的機會發生前置胎盤，1/150~1/50的機會發生胎盤早期剝離，且可能危及產婦及新生兒的生命。

有1/10000之機會發生危險性極高的子宮卵巢靜脈破裂，而需緊急開腹止血。

胎兒在子宮內有可能發生臍帶繞頸、臍帶扭轉、旋緊、臍帶打結、臍帶脫垂等不可預知的意外。

像這樣嚇人的條文洋洋灑灑有二十條，雖然都是萬分之一的機率，仍是看得膽顫心驚。諺語說「生得過，雞酒香；生不過，四塊板」，原來誕生一個新生命的同時，產婦的生命也在最高風險地帶。

我吞了吞口水，發抖問小鬍子：「你仔細看了沒啊？」

小鬍子正轉頭，興奮喊我：「老婆老婆……」

「幹嘛？」肯定是看到那些可怕的「萬一」，知道老婆生孩子很偉大了吧？

「妳看，」他興沖沖湊到我身邊，「我第一次在關係欄填上『夫妻』兩個字耶！」

他興奮地指著他剛寫下的字，像發現新大陸那樣。

有沒有搞錯？這位先生，你現在才驚覺我們是夫妻嗎？人家我孩子都要生了耶……

由此可見，生孩子這件事，無論男人如何關心，其實還是置身事外，畢竟孩子不在他肚子裡，可別妄想他感同身受。

我望著小鬍子興奮難耐的臉，沒好氣地回答：「是的，親愛的老公，我們是夫妻。」

我躺在待產房裡，肚皮上接著胎心音的機器，手上打著點滴。待產房要待多久，這可說不定，有人生孩子像母雞下蛋，「啵」一下就蹦出來；也有人生孩子像火車過山洞，呼呼嚕嚕悠悠慢慢，最後才看到前方彷彿若有光的洞口。

我懷孕過程沒有孕吐，雖然是高齡產婦，產檢過程也有小出血的危機，但最後都有驚無險平安度過。心情大致愉快，胃口相當好，好到我暴胖了十七公斤。我一直覺得，肚裡的乖兒子挺疼愛老娘（很老的娘），孝順的他肯定會順利而快速地降臨吧！

很快地，陣痛襲擊而來，我痛得在床上呻吟，拱背縮腹，像一隻蝦子，渾身不自覺發抖，再加上發高燒的不適，只覺得世界天旋地轉。

「開多少了？」我看著護士，艱難吐出問句。

「一指多喔！」

我盤算一下，一指多已經扭成一隻蝦子，開到五指不就成變形蟲了？這樣下去還得了……

「要不要打無痛？」護士問。

「要！」我斬釘截鐵回答。

時間持續走著，當子宮頸到五指十公分全開的時候，護士進來叮嚀我，只要陣痛一來，就大力憋氣，使勁力氣把寶寶往下擠，從一數到十以後才可以放鬆。

「一、二、三、四、五、六、七、八、九、十。」

呼，放鬆。

「一、二、三、四、五、六、七、八、九、十。」

呼，放鬆。

每一次陣痛我都緊抓著小鬍子的手，力道隨著我猙獰的面目不斷加壓，然後瞥見小鬍子的臉色也一陣青一陣白，別怪我心狠手辣，我是絕對不會手下留情的。

「奇怪，寶寶的頭一直下不來……」護士納悶地說，她的手不斷在我下體戳來戳去。這時我已經在待產房十多個小時了，體力耗盡，只覺得日月無光、大地毀滅。

「到底還要多久？」我呻吟著。

忽然間，聽見隔壁產房一陣悽厲無比的尖叫聲劃破寂靜深夜，高音震得房子搖搖晃晃（或許是我頭昏），我和小鬍子不約而同伸長耳朵，再過一會，又傳來一陣嬰孩響亮的哭聲。

我瞪大眼睛，抓著護士問：「剛剛那是有人生了嗎？」

「是的。」

「天啊！她叫得好慘喔！」我語帶同情，隨即面容慘白、頭皮發麻，遲早輪到我……

「別管人家，我們繼續努力！」小鬍子鎮定下了命令。

「一、二、三、四、五、六、七、八、九、十。」

呼，放鬆。

「一、二、三、四、五、六、七、八、九、十。」

呼，放鬆。

第十八個小時，醫生面露憂慮，他踱來我床邊：「要不要考慮剖腹？還是要再努力一下？」

都已經努力到這裡了，只差一小步，我跟寶寶一定可以的！護士開始為我打催生針、戴上氧氣罩，我決定全力拚了！

第二十個小時，醫生發現每當我宮縮用力，寶寶心跳就不穩，決定馬上推我進產房。歷經幾個彷彿天長地久那樣漫長的憋氣用力，在我的理智將要崩潰之際，「哇！」一聲洪亮哭聲，寶寶誕生了！

很煽情地，下一個哭的人，是我。轉頭一看，小鬍子正擦去眼淚。

「小子，你好幸運啊！臍帶打了這麼大一個結！像蝴蝶結一樣！好險好險！」醫生抓著寶寶的腳說著，方才胎心音不穩，應該就是子宮收縮時壓迫到臍帶吧！

護士將寶寶抱到我懷中，小傢伙已經睜開眼睛骨碌骨碌轉。安靜趴在我胸前，哭累的他好似在沉思，外面的世界有比較好玩嗎？

我摸摸他的小臉，嗨，小人兒，初次見面，你好嗎？

好了，溫馨的誕生畫面結束了，電視都是演到這裡，賺取一狗票婆婆媽媽們的熱淚就停止。問題是，我的故事還得繼續演下去。

我天真以為，接下來我該是每天優雅哺乳的母親，像月亮一樣照耀我家門窗，聖潔又慈祥，渾身散發愛的光芒。可是，老天爺給我的劇本不是這樣……

生孩子這件事，無論事前參加多少堂媽媽教室，做了多少心理準備，當它發生的時候，仍然是措手不及、難以想像。每個人的故事都不一樣，每一胎的經驗也不同。聽了再多案例，仍是無法驗證在自己身上。

也許是因為產程過長，用力過度，自然產後我像一個被拼裝錯誤的娃娃，全身疼痛不堪，無法入眠。下體傷口如火烈烈灼燒，想要移動，必須慢動作提起腳，緩緩往前，再放下腳。

更意外的是，我擁有了女人們夢寐以求的「尖挺雙峰」，又硬、又挺、又……痛！這就是俗稱的「石頭奶」，我按了按，果然堅若磐石，如果可以發射，應該可以媲美木蘭飛彈的威力！（很抱歉我的用詞如此直接而赤裸，因為疼痛的感覺，真是天殺的直接而赤裸啊！）

這下可好，我無法坐，也無法躺，上半身痛，下半身也痛，前胸痛，後背也痛。我要不就是如毛蟲一般蜷曲在床上，要不就佝僂著身軀緩步而行，要不就是擠奶的時候鬼哭神號。

小鬍子搖搖頭：「太慘了！實在太慘了！電影應該來這裡取景，這根本是悲慘世界。」而我是名符其實的「慘」婦（產婦）。

「幸好當初我當機立斷打了麻藥。前面省下來的力氣正好留著用來痛後面。」我歪在床上說。

「就是啊，很多機會稍縱即逝……。就像我遇到妳，馬上就把妳娶回家。」

「就像我趕快嫁給你，以免你這輩子都活在後悔裡。」

「但是我已經後悔了……」

「你後悔？」我眼睛一瞪，聲音揚起來，「你後悔什麼？」

「我後悔……我沒有更早遇到妳……」哇！心花怒放，痛消失一半，難怪醫院給我的藥袋上寫著聖經的箴言：「喜樂的心，乃是良藥。憂傷的靈，使骨枯乾。」

產後第六天，開始發高燒，體溫飆高到三十九度，月子中心強烈建議我去急診室報到。小鬍子把我包進大棒球外套裡，戴上粗針毛帽、厚口罩，架著我上輪椅，我畏寒，不斷發抖，臉燒得漲紅。

「偶像劇是不是都這樣演？把生病的女主角包一包，偷偷推著逃離醫院去旅行，我們很像耶！」小鬍子推著我的輪椅打趣地說。

此刻我沒那麼浪漫，燒得頭昏眼花的我，想到的是電影ＥＴ外星人。小男孩要帶ＥＴ逃離城市送他回外星球時，也是包成這樣。地球實在令人太痛了，我也想逃到外星球……

邊推輪椅，小鬍子問：「我們逃離醫院，妳想去哪裡旅行？」

「我想去度蜜月……」

「咦？我們已經在度蜜月啦！月子中心媲美五星級飯店，有專人服侍，三餐送到房間……」

我比較貪心，我還想要有山、有水，沒有頭痛、奶痛、背痛、腰痛、下體痛……

輪椅推到醫院大樓外，月亮高高掛著，正要經過一個小斜坡，小鬍子把我放著，去開門，沒想到我的輪椅順著開始往後滑，「快點抓住我！」我揮舞著手大喊。小鬍子一轉身，一把撈住我，好險！

想到這畫面，我開始覺得好笑，「剛剛我如果往後傾倒，蹦撞到地板，你來救我，一拉，我的頭又撞到你的頭，往前推的時候我又飛出去……哇！好滑稽的喜劇耶！哈哈哈。」

大概是燒得神智不太清楚了，我一直笑，笑到夜裡安靜的醫院大廳充滿回聲，笑到肚子好痛。

不過，老天很快就讓我笑不出來了。

一進急診室，我被架上內診台，哪怕我哀求著：「不～要～啊！」醫生仍在我下體傷口直接加壓擠血水，簡直是「滿清十大酷刑」，我扯開喉嚨尖叫，急診室裡有車禍的、流血的、打架的，沒有人像我一樣淒厲，醫生顯然被嚇到了，喃喃地說：「叫成這樣，好像我很殘忍……」

只見小鬍子在一旁頻頻彎腰道歉：「不好意思、不好意思，我老婆叫太大聲了！」

急診室出來，我的發燒退了，還沒喘口氣，換石頭奶開始發威，不但硬，還腫、紅、漲。於是，我第二度進了醫院，這次是乳房科……

「就是乳腺堵塞嘛！」乳房科醫生很肯定。

「那怎麼辦呢？」

「認真按摩、用力擠啊！」

我一點都不敢馬虎，每天按表操課，半夜渴睡欲死還是調鬧鐘爬起來「認真按摩、用力擠」。

皇天不負苦心人，我終於成功疏通了乳腺，非常欣慰。

但是我簡直不能相信，接下來，換手廢了。

有一天，當我一覺醒來，右手竟痛到舉不起來。

於是，我第三度進了醫院，這次是復健科……

「新手媽媽齁？妳肌腱炎跟滑囊炎都發作了。」復健科醫生同情地望著我。

「為什麼會這樣呢？」

「應該是密集擠奶，姿勢不當、用力過度吧！」

「……」

太荒謬了，這是開什麼玩笑啊？

約翰．藍儂曾為他的兒子寫了一首歌，叫做〈Beautiful Boy〉。

閉上眼睛，別害怕
怪獸不見了
牠已經跑掉了，而爸爸就在這裡
美麗的，美麗的孩子
在你入睡以前

做個小小的祈禱
不管那一天過得如何
事情總會越來越好

聽，多麼溫柔的親子呢喃。經歷了轟轟烈烈的生產之後，我與親愛的老公迫不及待想要感受一下一家三口的天倫之樂。我們也想要摸摸他的小臉臉，給他一個小親親，哄他甜甜睡搞搞。

在月子中心的某個晚上，我請護士把寶寶從嬰兒房推進房間。這一晚，是我們一家三口第一次團圓入睡。

小人兒睜著大眼睛，揮舞著小小手，好可愛喔！根本是個小天使！那轟轟烈烈的生產過程已經拋到九霄雲外了。

小鬍子緊緊懷抱著小天使，一副有子萬事足的模樣。

「阿里，你真的變成阿里巴巴（阿里爸爸）了耶！」

「是啊！妳看，兒子這麼可愛，老婆，痛得有沒有值得？」

「值得、值得！……。換我抱。」我急得張開雙臂。

但，不知道哪裡讓他不舒服了，小天使開始扭動、掙脫，發出哼哼啊啊的聲音。

「小乖乖你怎麼啦？」我趕忙溫柔地問。

他用小眼睛瞅了我一眼，顯然對我的問候不太滿意，他眉頭一皺，哇——。爆哭了出來。

「好可憐喔！」我也快哭了。

「不要緊張，我拍拍他。」小鬍子自告奮勇。

小鬍子將小天使掛在胸前，邊拍邊哄，但是小天使已經變身小魔鬼，哭聲越來越大聲、越來越淒慘……

「我們叫護士來幫忙。」我很快就投降了。

「不要，我們自己的寶寶，應該自己試試看。……小阿里，告訴爸爸，你怎麼啦？」

「哇——」繼續哭。

「你想睡覺嗎？」

「哇——」繼續哭。

「還是尿濕了？」

「哇——」繼續哭。

「難不成餓了？」老公用目光指示我，我趕忙剝開衣服坦胸露背，餵奶姿勢就定位。

「哇——」更大聲，小魔鬼顯然不捧場。

沒輒，我們只好請護士來。護士將小魔鬼的衣服整理整理，重新抱他，說點好話，怪得很，小魔鬼張牙舞爪收斂了，瞬間安靜下來，一臉無辜地張著大眼睛。

「看，這小子是能溝通的，只是我們還沒找到溝通管道。」小鬍子精神一振。

護士重新將可愛的小天使交還回給我們。親愛的老公馬上再度抱起小天使，試圖跟他來一段父子間的心靈交流，戰鬥力十足。

「小阿里，爸爸跟你說喔……」

小天使看著老公，愣了三秒，然後，「哇——」

唉。

折騰一晚，天漸漸亮了，早上七點多，小鬍子累得整個人趴在床上。我抱著不知道是小天使還是小惡魔的小人兒，感到很混亂，疲憊到了極點。啊，已經塞不回去了……

終於我懷著罪惡感，扯扯小鬍子的衣角，怯生生地說：「老公……雖然是我們的寶寶，但是我想把他推回嬰兒房了……」

此時，攤著不動的小鬍子，緩緩舉起手，比了一個「讚」！

我鬆了一口氣，耳邊彷彿聽見約翰．藍儂還繼續唱著：

在遠颺的海洋中

我等不及要看你長大
但我想我倆都必須耐心一點
還有很長的路要走
是的，還有很長的路要走……

小人兒出生後幾天，就是我與小鬍子結婚週年慶。兩人的婚姻生活加了一小人兒，顯得熱鬧無比。在試探、摸索、實驗中，有時頻道對不上，有時默契很驚人。某日，護士來教我們如何幫寶寶洗澡。小人兒全身好軟，我不敢碰，全交給小鬍子操刀。

「以後誰幫寶寶洗澡哩？」護士問。

「她。」小鬍子指指我。

「那爸爸呢？剛剛爸爸洗得很好耶！」護士又問，很親切。

「我很快就要回上海了……不然上海那個小三搞不定。」小鬍子一本正經地回答。

「啊……」護士臉上閃過一絲驚恐。

我接著說：「不不不，其實我才是小三，他必須回去搞定上海的大老婆……」

護士露出更加驚恐的表情。

我幽幽嘆了一口氣：「唉，幸好我現在生了兒子，就靠兒子來逼退正宮了！」

以上，只是一個平凡女人平凡的生產故事。如果你曾經問過身邊的女性朋友，你會發現每個看起來尋常無比的媽媽，她們生命中都有一個難忘的生產故事。

經歷過生產，才發現身為女人如此驕傲，因為女人是上天嚴選，我們帶著使命，要讓天使來到人間。

至於那像卡車來回輾過的疼痛嘛，你知道要獲得一個天使，總是要付出一些代價的呀！

# 你要 Good Life，還是 Goods Life？

他很有錢，不單單家裡很有錢，熟悉金融操作的他也很會賺錢，我們同一年從學校畢業，我住在頂樓加蓋鐵皮屋，但他已經在東區精華地段買了房子，一次付清。

他對我說「我剛買了一間房子」的語氣，跟說「我剛剛買了一杯可樂」一樣稀鬆平常。對許多人而言，這實在是令人羨慕的人生，可是他卻不快樂。

房子交屋他沒有感覺，跑車入手他也沒有興奮，才去歐洲旅行回來他也感覺普通。人生裡找不到讓他熱情的事情，再有錢，他還是不快樂。

所以你說，快樂跟金錢有沒有關係？我說有一點，但不是全部。

所以住在舊公寓的我好快樂，可是住在豪宅裡的他覺得人生好無趣。

如果找不到金錢的價值，那麼金錢只是帳戶裡的數字。

社會的迷思是「快樂＝金錢、物質、成就」，這很容易讓我們搞不清楚自己在「追求快樂」還是「追求金錢」。

仔細想想，我們到底要的是 Good Life 還是 Goods Life？

這牽涉到我們所信仰的價值是什麼，價值又分成外在價值跟內在價值。

外在價值是成就、形象、財富、地位。

內在價值是自我成長、親密關係、社會貢獻。

舉例來說：

A有一份工作，薪水很高，但你不太喜歡。

B有一份工作，薪水普通，但你好喜歡。

你選擇哪一個？

如果你在乎外在價值，你可能會選A，因為它帶來地位與金錢，帶來外在欣羨的目光，但研究證明這樣的人情緒容易焦慮，而且自我實現低落。

如果你在乎內在價值，你應該會選B，毫無疑問的，做著自己喜歡的事情，會讓我們活力充沛有熱情，自我實現程度高，當然也就會有滿足、有快樂。

雖然我們知道行為的動機可能導致不同快樂的結果，但是到底什麼是快樂？爵士樂大師路易．阿姆斯壯說過：「如果你還要問爵士樂是什麼，那麼你就永遠不會懂。」

法國科學家馬修．李卡德（Matthieu Ricard）在學習佛法三十年後，悟出了快樂，他在《快樂學——修練幸福的24堂課》中寫到：「我所說的快樂是指從一個極為健全的心靈中所生起的深刻綻放感。這不單只是一種愉悅的感覺、一種暫時的情緒或心情，而是我們存在的最佳狀態。

快樂也是一種詮釋世界的方法，我們很難改變世界，但是可以改變自己如何看待世界。」李卡德所謂的快樂，是在一個很高的層次。可以說是一種修行了。

另一種快樂的解釋更合乎凡夫俗子，社會學家對快樂的定義是：「一個人對自己目前整體生命品質的正面評價程度。換句話說，指一個人對自己生命喜愛的程度。」

我喜歡這個說法，「一個人對自己生命喜愛的程度。」這表示，我們可以採取一些行動，做一些事情，讓自己的生命可愛，讓自己快樂。

所以有了葛瑞琴．魯賓（Gretchen Rubin）《過得還不錯的一年——我的快樂生活提案》，作者花了一年時間，進行所有足以引發快樂的具體行動，而你猜怎麼了？這位紐約太太所進行的行動，都牽連著內在價值。

好比開始讚美伴侶、對小孩有耐性、記住朋友的生日（親密關係）寫小說、閱讀、學習新事物（自我成長）幫助別人完成夢想、寫部落格鼓舞網友（社會貢獻）。

結果，她果真擁有超級快樂的一年，從此建立起她快樂生活家的地位。

我並不否認外在價值會帶來快樂，但是如果人生只被金錢、地位牽著走，人生還真是無趣了點。金錢無法保證快樂，但是如果把錢花在豐富我們的人生（好比旅行、學習、創造感動與回憶），肯定可以帶來快樂。

所以囉！Goods Life 不全然等於 Good Life。

但 Happy Life 絕對等於 Good Life。

今晚睡前，問問自己，你快樂嗎？

# 燈火之夜

國父紀念館附近小巷弄的老餐廳裡，我們一起吃晚餐。清炒豆苗、空心菜梗牛肉末、湖南扣肉、家常豆腐、無錫排骨，家常的菜色，很適合家常的我們。

我們，一共三個。一個是剛遷回台北工作的單身漢，一個已經是三歲女娃的爹了。

我們，是小學同學。

世界上有一些人，只有他們見識過妳小時候愚蠢的樣子，拉扯過妳兩條粗黑的長辮子，看過妳大隊接力跌倒時嚎啕大哭眼淚鼻涕直下的慘樣。聽過妳用做作的音調朗誦畢業生致答詞，「噢！親愛的校長、老師、同學，又到了鳳凰花開的季節，明日我們將各奔東西，但是我們會帶著祝福，從此鵬程萬里……」

萬里有多長，沒有人告訴我們。

振開雙翅不見得就能高飛。

要飛多久，飛多快，累的時候怎麼辦？隨時可以降落嗎？

不想飛翔的時候，可不可以耍賴？翅膀受傷的時候，該怎麼療傷？沒有人告訴我們，萬里也許根本不存在，我們只能在茫茫雲霧裡，調整不太美的姿態，揣著不確定的心情，繼續往前飛。

鵬程萬里，有時候，很累啊！當時，眼神充滿希望的我們，怎麼會懂呢？

「那個大隊接力跌倒的傷有沒有，就在膝蓋，很難好，到現在還有疤。」

「還說哩！科學展覽的老鼠記不記得？被我帶回家養。」

「咦？老鼠那組不是我這組嗎？我們同一組嗎？我怎麼不記得？」

「我不是妳那組啦，只是實驗結束，老鼠那麼多，我有抓一隻回家養，結果才玩一個星期就掛了。」

「你很殘忍耶！」

「我也不知道怎麼會這樣啊！」一聲無辜喊冤，理直氣壯的，畢竟那年你才十二歲。

邊吃邊亂聊，沒天沒地。這是一種關係，讓人全然放心。出門不用翻衣櫃，省去擦口紅，套上T恤，踩著布鞋，輕輕鬆鬆。挾菜不用看輩分，不用裝含蓄，沒有禮節。不用猜測，少去社交，絕無應酬。

「欸，等下去逛花燈吧！」我興致勃勃。

「饒了我吧！花燈有什麼好看？人很多耶！」

轉頭，不死心再問另一個，「欸，等下去逛花燈吧！我們都在國父紀念館附近了……」

「可以不要嗎？我不想逛花燈……」說完，眼前兩個男人不約而同哈哈大笑起來：「看吧！男人都不想逛花燈。」、「妳們女人很麻煩耶！」

「唉喲，我也不是真的想逛花燈，我只想散散步，等下你們吃飽了，撐得半死就會想要跟我去散步了。」

「嗯，散散步勉強可以接受……」總算得到一張贊成票。

「只是我們散步的路線正好是花燈的路線。」我說。

「妳要詐！」哈！

燈節，又逢週末，路上人潮不少，男男女女，雙雙對對。也有一家家扶老攜幼，幾個孩童頭上戴著螢光圈，一明一滅在路上閃耀。無憂無慮，無牽無掛，興奮全寫在小臉上。

「我都不能想像你已經有一個三歲的孩子了。結婚什麼感覺？」

「很認命的感覺。」

「啊？」

「我們才交往半年，她懷孕了，我也三十了，想一想，好像也不能再這樣晃蕩下去，就決定結了。」

「喔！」

「妳哩？妳幹嘛還不嫁？」

「還沒遇到啊！」

「不要太挑啦！」

「我沒有。」

「我們這個年紀的男生，還可以挑一些年輕妹妹，妳們女生越大就越難了，這是很現實的……」

「好啦好啦！我知道啦！」含糊帶過，將另一個拖下水，「他也還沒娶，你去念他，叫他不要那麼挑！」

「怎麼講起我？我可是有很努力的，上一個妳最清楚啊！」

對，我真的很清楚，女方是透過我認識的，為此，你開心說你要買兩百本我的書分送親朋好友，我以為是一句玩笑話，你竟然真買了。在法院工作的你，誇口全台灣的法院圖書館都將有我的書了。

領固定薪水的上班族，兩百本書啊！花去一半薪水吧！偏偏書還在運送中，戀情已經無疾而終。

「說話要算話啊！老同學啊！這樣才夠義氣嘛！等妳的戲播出，也要叫大家看。」

「我好感動喔！」

「不用感動啦！」你促狹地又補了一句：「收到書的同事想要跟我討論內容，其實我自己根本連翻都沒翻過……」

「哼！」我嘴裡是怨，心裡是暖。謝謝，謝謝這樣疼愛我。

「沒辦法，我現在有空只看佛經……」你轉而淡淡地說。

我知道，現在你念的是《大悲咒》、是《地藏經》、是《般若波羅蜜多心經》。你的公事包裡除了文件，便是一本已經翻閱至老舊的經書，折口處你用透明膠帶細心黏好，呵護備至。歷經父親吞藥自殺，救活之後又發現胰臟癌，一個月內驟然撒手。你在一遍又一遍喃喃複誦的經文裡，尋求圓滿，得到平靜。

「其實法院裡讀經的人很多，不光我啦！妳知道，處理那麼多奇怪的案件，又要判人生死，心情上總是有那麼點什麼……。唉，人生很難懂啦！」

經書，我看不懂。人生也不懂。

很多事情好像應該懂，可惜都還不懂。

很多時候，很想回到那個可以理直氣壯什麼都不用太懂的年紀。

還在放卡帶的年代，《六個朋友》專輯，知己二重唱悠悠唱著：

不懂的事，多還是少？
不懂的事，月亮知不知道？
不懂的事，人怎麼會變老？
不懂的事，明天會不會明瞭？

如果人生的困惑，明天就會有答案，那麼今天的我們，是不是就可以不那麼絕望，還能夠保有仰望的姿態？

仁愛路，燈火輝煌，我們沒有轉進國父紀念館的燈區，只是路過。

七彩燈飾就在遠處，各種造型的燈，兀自展現美麗，我們只是經過。就像這些年來，我們各自的人生，各自燦爛，各自閃閃亮亮，各自黯然，各自神傷，各自歡笑與垂淚。果然如畢業詞所言「各奔東西」，即使我們其實都住得很近，走路不過咫尺之遙。

慢慢地，人生會讓我們不得不放慢腳步。

慢慢地，我們想要回過頭，去尋找熟悉單純的溫暖。

慢慢地，一步一步走著，深深的夜裡，相伴走過一條有燈的長路，有你，有我，能這樣已經很圓滿。

# 最後的成功

朋友在台灣是山葉 YAMAHA 音樂中心的鋼琴老師，這幾日她來上海，拜訪了雅馬哈 YAMAHA 在上海的總部。

「上海的音樂教室，週末排課竟然是從早排到晚！」她驚訝地說。

「真有這麼多家長希望小孩週末還去上課嗎？」我懷疑。

「教室裡每堂課都是額滿的！」她回我。

在台灣，越來越多家庭，週末是 Family Day，全家出去玩，讓孩子遠離教室，而不是再把孩子塞進才藝中心。

聽到朋友的回答，不知怎地，我忽然想起前陣子轟動的一本書《虎媽的戰歌》，作者蔡美兒要求她的女兒練琴的時候不准上廁所，功課要全 A，事情做不好就罵她是垃圾。在虎媽嚴厲的管教下，兩個女兒如願都是音樂高材生，進知名的學校就讀，成為母親認可成功的精英分子，當然，作者蔡美兒本身也是精英分子，耶魯大學法學院教授。

大部分的家長都希望孩子「贏在起跑點」，但是台灣的劇場大師李國修老師卻希望孩子「輸在起跑點」。他認為硬把孩子當陶土，捏成自己想要的樣子，忽略了愛的教育，結果常常適得其反，毀了孩子的自尊與自信。

我一直記得國修老師與太太王月的書《一一九父母》中有個小故事，國修老師參加兒子的小學畢業典禮，兒子成績爛得可以，一張獎狀都沒拿到，但是當最後唱驪歌的時候，全班四十個人，只有五個落淚，其中一個是他兒子。當別的孩子汲汲營營在成績表現時，只有他兒子為離別感傷，為此，身為父親的國修老師感到相當驕傲，因為這個孩子心中有感動、有愛！

前幾年，還有一本頗受好評的書——作家簡媜所寫《老師的十二樣見面禮》，簡媜記錄了她帶孩子到美國短短遊學四個月的震撼，當地的老師開學會給每位學生十二樣見面禮，其中有牙籤——意味著挑出別人的長處；有橡皮擦——每個人都會犯錯，沒關係的；有面紙——記得為別人擦乾眼淚；銅板——提醒你，你是獨特而且有價值的。那些無關乎「成績」的價值薰陶，好比關懷、誠實、友善、幽默、胸懷、想像力，讓做母親的簡媜相當驚喜。

這些不同的教育思想，都存在這個世界上。如果孩子能夠又優秀、又快樂、又溫暖，那是萬幸。一個精英但冷漠空虛的孩子，跟一個平凡但溫暖有愛的孩子，我選擇後者。將來我有孩子，他不一定要有名校的光芒，但希望他能夠自己發光。他不一定要追逐世俗贊許的價值，但我希望他誠實面對內心的夢想。他不需要是什麼大人物，他只需要快樂地做他自己。我不希望他一帆風順，我希望他越挫越勇。與其給他高智商，我但願上天給他高智慧。

但願我的孩子找到自己該去的方向，而不是父母、或者社會給他的目標，他快樂、自在，發揮自我天賦，也將溫暖傳遞，能這樣就很好。

也許，就像徐志摩的小詩〈雪花的快樂〉：

假若我是一朵雪花，翩翩的在半空裡瀟灑，我一定認清我的方向——飛揚，飛揚，飛揚。

這地面上有我的方向。不去那冷漠的幽谷，不去那淒冷的山麓，也不上荒街去惆悵——飛揚，飛揚，飛揚，你看我有我的方向。

虎媽相當自傲她的孩子卓越優秀，但國修老師也相當欣慰他的孩子有愛、有夢、有關懷。我不評論怎樣的成就才是真正的成功，但我希望，我的孩子，能夠讓自己快樂、讓別人溫暖，這，才是最後的成功。

# 張奶奶的信

我不認識張奶奶，但，她寫了一封信給我，來罵我的。

看到信的時候是冬日深夜，我哄小阿里睡覺哄到自己昏昏睡去，半夜兩點從被窩裡驚醒，再也睡不著，晃到書桌前打開電腦。

點開信箱，第一封跳出的就是張奶奶的信。

我昏漲漲的腦袋隨著字裡行間的嚴厲訓斥，慢慢清醒起來。

自稱六十多歲的張奶奶激動指責，她在電視上看見我，對於我的發言相當不以為然。那集節目錄影討論的是黑道男友，有個年輕女孩的男友因為吸毒被關，雖然不知道哪一天男友會幡然醒悟，但女孩相信只要愛他就能救他，所以女孩選擇無怨無悔癡心守候。目前這位男友再度進入勒戒所，這已經不知道是第幾次他因為毒癮被關。

張奶奶說，我在節目上問了女孩：「上帝或佛祖都不見得可以改變一個人，妳為什麼覺得妳的愛一定可以？」

因為這句發言，張奶奶憤怒地斥責我，她覺得我內心充滿負面思想、表裡不一，一點都不溫暖，她等著看我會有什麼下場。

我努力回憶，那場錄影，應該是兩年多前的事了，節目不斷重播，才會在現在看見。我記得，我當時的心情是疼惜年輕女孩的傻，不知怎地被張奶奶解讀成心胸狹隘之人。

唉，好冷的天，帶孩子足不出戶多日，沒想到待在家裡也能天外飛來橫禍。雖然不認識張奶奶，但因為自己惹老人家生氣，感到很不安，而且，莫名其妙被辱罵、被誤會，心裡也滿鬱卒的。

一早，我告訴小鬍子這事，小鬍子鬧我：「網路隨便寄來的信，妳又知道真有其人？搞不好是妳管教太嚴厲，學生匿名來罵妳的，哈！」

「無聊！」我瞪了小鬍子一眼，隨即抓著小阿里餵飯去。很快地我淹沒在小阿里漫天飛竄的飯粒、湯匙中，我邊餵邊抓邊吼，張奶奶已經擠不進我披頭散髮、忙碌不堪的世界。

人啊，一定會有，被別人誤會的時候。

年輕時，一顆小石子就能掀起心中驚濤駭浪，總揪著心急切解釋：「我不是那樣的……，你誤會了……」

要不就一個人在夜半暗自低泣：「為什麼那樣說我……，明明不是那樣……」現在卻快速就能穿越這迷障。

不重要的人，懶得對他解釋。

不了解自己的人，根本不用解釋。

硬要誤會你的人，解釋了也沒用。

生活中有太多重要的事情要處理，生命中有太多重要的人要呵護。

別多費唇舌，別浪費時間，別費心討好誰，回自己的世界繼續奮鬥吧！

時間總能證明你是什麼樣的人，何須多言？

想起一則網路流傳的故事。

村裡的少女懷孕了，父母質問父親是誰，少女說是廟裡的師父。

父母不分青紅皂白將師父臭罵一頓，師父淡淡回應：「是這樣啊！」就把孩子接過，默默地將孩子養大。

多年後，少女受不住心中煎熬，對父母坦承孩子的父親另有其人。父母羞愧地帶著少女去找師父認錯，師父淡淡回應：「是這樣啊！」便把白白胖胖的孩子還給對方。

問師父為何不辯解？師父回答：「被人誤解於我毫無關係。我能解少女之困，能拯救一個小生命就是善事。」

好險張奶奶不是丟一個孩子給我，不過，我也打算用「不辯解、不回應」來回應。

隔天晚上，夜闌人靜，張奶奶的信又慢慢浮現在我心頭。

奇怪，她與我何干？我為什麼拋不下張奶奶？不過是一封來路不明的信，不足掛心的呀！我翻來覆去，霎時想通了，因為她自稱是「六十多歲的老奶奶」，不是不知天高地厚的小毛頭，不是匿名來亂的隱藏者……

既然放不下，就再提起來吧！

我窸窸窣窣從暖暖被窩裡爬出來，回頭去電子郵件翻找她的信，躲在暗暗的天色下，重新再看一遍。

張奶奶說她曾經在監獄當過教化志工，她認為世上沒有不能救的人，所以我對年輕女孩癡心守候毒癮男友的質疑，就是誣衊感化教育。

我被指控的罪名很大，簡直罪該萬死，張奶奶火冒三丈，真是言重了！

我手按著滑鼠思考，假如，信是真的，假如張奶奶真有其人，一個六十多歲的老人家在寒冬給我寫信，我忍心置之不理？

假如，她真是在監獄奉獻多年的志工，雖然語氣嚴厲偏激，但老人家對社會的付出卻令人感佩，為邊緣人服務的熱情，難道不需要被鼓勵？

回一封信對我來說很困難嗎？

奶奶年紀大了，也許不了解電視作業的難處，她不是故意來罵我，我難道不能為她解釋嗎？

如果幾句話可以讓老人家好過，我有什麼好吝嗇？

不回這封信，我睡得著嗎？

讓老人家懸念在那裡，我安心嗎？

於是，我決定寫下這封信。

張奶奶您好：

謝謝您在寒冬中給我寫信。

很感動您有這樣一顆溫暖的心，跟溫暖的作為。

其實，電視作業流程有它粗糙的地方，常常經過剪接以後，許多言論容易被斷章取義，而發言往往臨時匆促，每次發言也有時間限制，很難將沉重的議題做深入陳述。

這是無奈，也是無力之處。

愛的力量當然偉大，改變則需要更多耐性。

日前韓國小說《我們的幸福時光》出版，作者如同您一樣，為受刑人付出極大關懷，只是她選擇使用文字喚起人們的思考。

您更加讓人敬佩，因為您是親力親為，站在第一線服務。

我相信您肯定是那個將愛的光輝發揮到極致的人，謝謝您為這個社會的付出。

雖然在不同的領域，不同的地方，相信我們同樣秉持著一顆熱情的心在付出，不需要做給誰看，也無需對誰解釋，我們的心上帝祂都知道。

祝福您　健康平安

晚輩　中薇

寫完信，寄出，一顆心安然落地。

腳步輕盈地回到臥房，我摟著睡夢中的小阿里跟他說：「將來你長大以後，千萬不要隨便誤會別人喔，他肯定有他的難處是你不了解的。還有啊，也不要輕易被誤會傷害，你可以假設對方不是故意的，當你無傷，就能超然，知道嗎？」

嗯，太深奧了，小阿里肯定不知道，睡得很香甜。而我，終於可以關上燈，舒舒坦坦睡個好覺。

你猜怎麼著？一早醒來，張奶奶已經回信了，寫的是客客氣氣的幾個字：「謝謝妳的回信。」

呼！總算！

## 用愛吸引愛前來

那天去行天宮拜拜，結束後繞進小巷子吃麵線，店家生意很好，一個長髮女生在我對面坐下，兩個陌生人同桌共進午餐。

「來拜拜嗎？」她問。

「嗯，剛拜完，來吃飯。」

「我是吃完，才要去拜。妳拜什麼呢？」她好奇。

「唉……我家寶寶，半夜一直驚醒大哭，無計可施了，長輩要我帶衣服來收驚。」我拿出寶寶的衣服，一臉無奈，順口也問她：「那妳呢？拜什麼？」

「感情啊！想生孩子，但他不想，他說還要拚事業。」她露出淡淡的哀怨。

「結婚了嗎？」

「他還要拚事業呢，怎麼結？感覺好像快分手了……」

「喔，難了……」我同情地望著她。

她深嘆一口氣，目測起來，她應該是三十好幾的女人了。

說實在，我身邊三十四、五歲的單身女性朋友幾乎都很焦慮，社會不斷告訴我們，妳是高齡產婦了，妳到底要不要生呢？再不生，恐怕生不出來了。妳說想生啊，但是沒對象，又不能隨便找人亂生。

而好不容易遇到一個對象，要是他不想要孩子怎麼辦？那妳只好自我安慰，反正我已經三十五六七，生育力降低，老公不要孩子，反而少了生子壓力。

但人生很難說呀！

最怕是到了四十多歲，更年期來了，鐵錚錚不能生了，老公卻忽然轉性要小孩，該怎麼辦？

妳哭天搶地，當初我要生，是你說不要的啊，現在怎麼變掛了呢？

哎呀，男人啊，他們根本不知道自己要什麼啊。尤其是，在生孩子這件事情上，他們從來沒有想像，小孩是什麼東東。

生孩子這件事情，比起男人，女人相對承擔比較多的心理壓力。

其實，我們也會害怕，我真的要孩子嗎？我適合嗎？我的生命會有什麼改變？我能做得好嗎？工作可以換，髮型可以變，結婚了有可能離婚，人生伴侶也可能不是唯一。但孩子生了不能塞回去，生了一個孩子以後永遠都是媽。不管你單身、已婚、離異、失業，

「媽」就是一輩子如影隨形的身分，逃到天涯海角還是媽。

而我，做好準備了嗎？

即使我們有這麼多問號想釐清，但女人的生物年齡一去不回，我們的身體無法允許妳考慮到五、六十歲才來做決定，怎能不焦慮呢？

不管是怎麼樣糊里糊塗或歡天喜地的當了媽媽，我得說，做母親是一個女人最特殊的旅程。

當了母親以後，我才忽然發現自己踏實地活在整個世界上，這是當年天涯飄浪女的我從來沒體驗過的滋味。

而這個滋味，實在也無法跟現在任何一個還瀟灑如風的女人分享，因為，妳真的，不會懂。（就像當年的我，真的也不懂！）

麵線吃完了，我差不多該離開。

看著萍水相逢的愁苦女人，我安慰她說：「我也曾經如此焦慮喔，不過喔，我從來沒有放棄希望……」

「為什麼？」她停下筷子，望著我。

「我知道我值得幸福啊，我相信我一定會幸福的……錯了就錯了，過了就過了，人生總是要往前啊，只要能往前走，就可以朝幸福更進一步……。等妳幸福的時候，回過頭看那些傷妳心的人，就會忍不住感謝，老天呀！真開心你離開了我！不然現在我怎麼會這麼幸福呢！」

她大笑出來，帶些驚歎，對我說：「很開心坐在妳面前吃飯，妳真的……很有能量啊！」

哎呀，這麼有能量的我，對於兒子的夜半哭泣，還是手足無措呢！

加油啊！每一個為愛傷神的女人。

我始終相信老天不會辜負一個充滿愛的靈魂。不論現在的妳找到真愛了沒有，都請一定要，處在愛裡。

在愛裡寬容，在愛裡等待，在愛裡付出。

能夠付出愛，才能吸引更多愛前來。這是宇宙不變的定律呢！

# 十八年後的獅子頭

每次搭高鐵，就會想起那一次紅燒獅子頭與我同行的故事。

還記得，是年節的時候，也是老爸六十大壽的日子。傍晚五點半，我已經搭上高鐵，好好端坐在椅子上，預計從台北出發，經過板橋、桃園、新竹，在六點半的時候抵達台中，車程一個小時。

我的行李很簡單，除了筆記型電腦外，最重要的就是一小鍋獅子頭，還有一包金門麵線。

紅燒獅子頭是下午剛熬煮好的，如今在我懷中安穩窩著，依然溫熱，我緊緊將這湯鍋擁抱，深怕它溢出來，一點不敢馬虎。同時，我試圖用體溫將它保溫，祈禱在一個小時的車程後，它還能夠持續散發溫度，讓我的父親，可以在第一時間直接感受到來自我母親的心意。

我的目的地是台中，老爸的家。

父母離異後，我往返台中與台北，搭乘各種交通工具：飛機、火車、野雞車，到如今乘坐高鐵，就這樣過了十八年。

交通工具一直在翻新，不斷往遠方奔去，好似睜開眼就可以望見嶄新的世界，新的呼吸、廣的視野、美麗的、美好的、希望的……

我正用三百公里的時速往台中奔去，如果憂傷也可以用飛快的速度消逝，那真好。坐在全新的座椅上，新的一年，懷抱一鍋新煮好的獅子頭，不知道會不會帶來不一樣的滋味……

獅子頭是這樣來的。

午後看見老媽在搓丸子、燉白菜，熬了一大鍋，香味四溢。

我湊進她身邊，察言觀色地探問著：「媽，我今天下台中，獅子頭可以帶一些給爸爸嚐嚐嗎？……」

「唔。」媽媽反應。這表示不贊成但也不反對。

「爸爸六十大壽，我想他如果吃到妳做的獅子頭，應該是很特別的禮物。」

「我五十歲生日的時候，也沒有什麼特別慶祝……」

「那到底可不可以嘛？」我纏著問。

「隨便……我又不是煮給他吃，我是煮給妳，妳帶去台中可以吃。」

「喔……那如果爸爸要吃，我可以分給他吃嗎？」

老媽猶豫半晌，終於鬆口了：「就給他吃啊……看在他六十大壽的份上，就給他吃。」然後她開了冰箱，拿出干貝，添了許多進鍋裡，邊加，邊叨唸著：「今年干貝真貴，我去迪化街才買一點點……。」老媽發現我一直盯著她看，她撇了撇嘴，掩飾什麼，企圖解釋著：「我是看在他六十歲的份上，才多給他補一點……」

嗯，六十歲終究不一樣，總算可以撈到一點好處。

「媽，妳以前煮過紅燒獅子頭給爸爸吃嗎？」我好奇地問。

「我以前從金門嫁過來，剛結婚，哪裡會做菜？……而且肉很貴耶！」才說著，又低低地怨了起來，「以前他在部隊當兵，有一次，我想他難得放假，存了錢特地去買雞腿燉湯給他喝，結果咧，也不知道什麼事惹到他，脾氣一上來，說不喝就不喝，真難伺候……」

「那妳現在可好命啦，有我伺候妳……」我趕緊甜言蜜語。

老媽轉身，順道從櫃子裡拿出一包麵線，放進紙袋裡，吩咐著：「這麵線，算給他祝壽。妳要告訴他，這是金門麵線，已經有鹹味了，煮的時候不用再加鹽巴了……」

「遵命。」

獅子頭的香味彌漫在空氣裡，靠近一點便能感受到溫度，老媽手執著湯杓，一杓一杓仔細舀起，小心翼翼地盛在保溫鍋裡，深怕大力一點就會弄破肉丸子。

「離婚十八年後，還要我為他煮一鍋獅子頭……」媽語氣淡淡地感慨。

「媽，那爸爸也有十八年沒有吃過妳煮的東西了，不知道還記不記得妳的味道？」

「最好他什麼都忘掉……」只要講到老爸，老媽一貫沒好氣。

不過，我好似看到她臉上飄過一陣悠忽。

也許老媽心中想的是：這老頭，該不會真的都忘光了吧？

一直是這樣，老媽心裡想的，跟她嘴裡牢騷的，永遠不一樣。

「今年是你爸的本命年，妳要叫他去廟裡安太歲。」媽媽將獅子頭遞給我，順口叮嚀了我一聲。

不是都想忘了嗎？生肖還不是記得牢牢？

高鐵很快，我才打個盹，台中就到了，摸摸懷中的獅子頭，還蘊含著餘溫，我急急忙忙下車，往老爸家中奔去。

一進門，餐桌上已經坐滿來為老爸祝壽的朋友。

我趕緊奉上獅子頭，慫恿老爸拿起筷子，「爸，你要第一口吃！限量發行的耶！」

老爸伸出筷子，靜靜吞下一口，臉上猜不出是什麼表情，仍是與大家隨意閒聊。

餐桌上，父執輩一位熟稔的朋友，聽說這是遠從台北送下來的獅子頭，開玩笑地拍著老爸說：「哇！老兄，你多幾個前妻，一人獻上一道菜，生日就有滿漢全席了！」

我聽見，一笑置之。

夜晚，客人散去，只剩我與老爸在客廳，我琢磨著，可打算好好盤問些什麼。

「爸，媽說她以前都沒有燒過獅子頭給你吃，是這樣嗎？」

「有啦，她忘記了……」老爸說得篤定，「只是那時候的肉丸很小，沒像這次的這麼大。」

看起來，往日種種，老爸也沒有全忘掉，不像老媽口中那樣無情。

「爸，隔了十八年又吃到媽媽的手藝，你有沒有什麼感言要發表？」

「感言？」老爸愣了一下，然後說：「有、有。」

我瞪大眼睛，總算問出點什麼，興致勃勃地追著問：「快告訴我，感言是什麼？」

「敢怒而不『敢言』。」老爸一本正經回答。

「唉喲！爸！」

「真的啊，如果妳媽問起來，妳就這樣跟她講。」我哪敢啊？

「爸，很冷耶！」我白了老爸一眼。

「冷啊？冷就穿外套啊！」又是一招顧左右而言他。

我鍥而不捨，繼續進攻：「媽媽提醒你要記得去廟裡安太歲。」

「喔。」爸爸回應。這代表有點感動但又不動聲色。

這一鍋紅燒獅子頭沒有吃完，將它放在爐火上再熱一遍，等會待它涼了，收進冰箱裡，明日再繼續。

深深的夜裡，獅子頭的餘香從廚房裡淡淡飄散出來，有種迷離的味道。十三高樓的落地窗外，大度山下燈火點點，靜謐無聲。這樣的夜晚很舒服，該沉睡的都已沉睡，該過去的都已過去，只有星星醒著笑著，微光溫柔撫慰。

我永遠不知道，媽媽在相隔十八年後，為爸爸燉一鍋紅燒獅子頭，加入的調味料是放下還是原諒。也永遠猜不透，爸爸吃下這遲來十八年的獅子頭，那滋味是遺憾還是感慨。

不過，我會牢牢記得這一日，三十歲的我，從台北出發，跨過半個島嶼，為六十歲的爸爸，送上媽媽親手燉的，十八年後的獅子頭。

我身處的這個時代，台北煮好的獅子頭，到了百公里遠的台中仍然充滿溫暖。

在這個世界上，什麼事情都可能發生；在這個人生裡，也沒有什麼事情不能過去。

我將獅子頭收進冰箱裡，在溫柔飄蕩的餘香中，新的一年就這樣來了。

# 自己和自己團圓

繪本作家謝爾・希爾弗斯坦（Shel Silverstein）出版了暢銷書籍《失落的一角》，故事講述缺了一角的圓它很不快樂，於是它動身去尋找失落的一角。途中它忍受日曬與冰雪，但是它也享受花香與嬉戲。有一回它遇到合適的一角，但是沒抓緊，弄掉了，有一回它抓太緊，破碎了。幾經波折，才遇到讓它圓滿的一角……

成長的過程中，我像是那缺了一角的圓，不斷向外尋找夢想、勇氣、愛與希望等等一切可以充滿我、讓我以為圓滿的東西。

而我，找到圓滿了沒有？

一年前的今天我舉辦了婚禮。

如果要問我，活了三十多年的歲月，是否有哪一天是我感到人生最圓滿的時候？是否有哪一天，是我打從心底深深覺得感激，深深覺得夠了，總算值得了，這輩子能夠活到這樣的境地，目睹這樣的風景，此時此刻就讓我死去，我可以了無遺憾。

如果真有那一天，我毫不猶豫就能確定：肯定是我婚禮的日子！

那一天，似乎是我從小到大最恐懼、最期待、最害怕、最歡喜的事情，齊聚一起發生的總結，結果卻完全超乎我想像。

故事要從好久以前說起，我的親生父母感情並不和睦，童稚時期他們已經離婚，後來又各自遇到伴侶。

在我真命天子遲遲未現身的歲月中，我曾經嘆口氣，哀怨地問老爸：「怎麼你們每個人都有兩個以上的對象，只有我沒有？」

累積至此，我的人生已經有兩個爸爸與三個媽媽，上一代的糾葛，有那麼多無法一語道盡的幽微情緒，我簡直無法想像如果我要舉辦一場婚禮，我要如何搞定爸爸媽媽「們」各自的心情？大家都出席，到底會是歡天喜地還是鬼哭神號？

而台下的賓客呢？他們看著舞台上驚人的陣仗，可會霧裡看花看得霧煞煞？

然而老天多麼疼愛我，籌辦婚禮過程的曲曲折折暫不贅述，婚禮當天，我所有的父母都上台向賓客舉杯，我甚至看見我的生父大方地伸出手為養父開路，請他先站上舞台，那一瞬間，我的眼淚完全失控。

鬆了一口氣啊！過往的恩恩怨怨，已經在女兒出嫁這天和解，舞台上閃閃發光的淚珠將我的婚禮點綴得無比耀眼。

「家」一直是我此生最大的功課，成長過程中，我的家曾經讓我流過許多傷心的眼淚。但我養父無私的奉獻也讓我流下許多感動的眼淚。

婚姻這件事，我從極度懷疑，到深深渴望，到欣喜接受它的降臨，我的人生好似忽然圓滿。婚後三個月，曾被醫生斷言極難受孕的我，竟然自然懷孕，這又是一個奇蹟，是上天賜給我的禮物。

去年的這個時間，喜宴差不多要結束了。

純白的長地毯，雪白的樹，燭光點點，眾多親友的到場祝福，我就這樣出嫁了。

今年的這個時間，我餵完副食品，小阿里已經在遊戲區玩耍，他咯咯笑著，彷彿這世界的悲傷都與他無關，這世界的祝福都因為他而存在。

有夫有子，完全是我想像中的家。

一年之內，所有我真心向宇宙呼喚的，祂都應許我了。

我如此幸福，我應該圓滿了。

但是找到失落的一角後，我卻開始有著難以言喻的失落……

繪本《失落的一角》中，終於完滿的圓後來並不快樂，因為它變成一個不斷滾動的圓，速度快到蝴蝶無法停下來在它身上落腳，它也不再駐足聞聞花香，它只能不斷滾動。它現在什麼也不缺，但是它卻不能唱歌了……

那就是，我。

在奶瓶與尿布堆裡打滾了幾個月，我不斷問自己，這不就是我夢寐以求的家嗎？這一切不是我深深想要的嗎？為什麼我處在我的圓滿圖像裡，內心的失落感卻揮之不去？

我納悶，我沒有答案。

一段日子過去後，我慢慢找到呼吸的速度，打開書，重新開始閱讀與學習。

才體悟到，原來圓滿的圖像完成以後，人生並不是從此靜止停滯。

原來我除了想當小鬍子的太太、小阿里的媽媽，我還想當我自己。那個自己是一個不斷進步的自己，在靈魂上不斷成熟的自己。

於是，多年前老師跟我說過的一句話，從記憶裡躍然而出。依稀記得那是一個低落的夜，我再度被莫名的生命焦慮擊潰。我問老師：「老師，如果妳很想去公園散步，妳很想邀請一個人與妳同行，可是對方沒有空跟妳去，那妳怎麼辦？」

老師爽快地回我：「我就自己去啊！」

「為什麼？妳明明就很想有個人跟妳一起去啊！」我，偏執中。

「但是他沒空啊！」

「那變成一個人去有什麼快樂？」

老師語重心長地說：「薇，沒有人可以影響妳要的快樂！」

沒、有、人、可、以、影、響、妳、要、的、快、樂。

這句話重重烙印在我心裡，在此後的生命裡不斷重新咀嚼實證。

謝爾．希爾弗斯坦在《失落的一角》後，出了續集，叫做《失落的一角遇見大圓滿》。

這次是一個小小的三角形，它在等待缺一角的圓。

有一天它遇見了很特別的大圓滿。

失落的一角對大圓滿說：「也許我是你那失落的一角。」

「但我沒有失落過什麼角啊！我也沒有任何一個地方可以容你棲身。」大圓滿回答。

「那多可惜啊，」失落的一角說，「我多麼盼望可以與你同行。」

「你沒辦法與我同行的，你應該靠你自己來行走。」大圓滿頭也不回地離開了。

故事的後來，三角形用自己的力量慢慢變成了一個圓。它再度遇見了大圓滿，兩個圓，終於在同一條道路上相依而行。

很多時候，我們努力想要尋找讓自己圓滿的另一半。但弔詭的是，如果我們的圓滿是需要別人來填補的，那樣的圓滿並不真實。

只有當我們自己和自己團圓，成了一個圓滿的圓，才能遇見另一個大圓滿，然後相伴但不羈絆地在生命道路上同行。

現階段，大部分的時間裡，我與小鬍子分居台北、上海兩地，我戲稱自己是「假性單親」。但我並不會讓「老公在不在身邊」來決定我與小孩快不快樂。小鬍子缺席的時候，我和小阿里很開心，我們讀書、唱歌，我們散步、逛花市，我們上嬰兒瑜伽課。

原來，當我內在是一個飽滿的圓，就不需要誰來讓我快樂。

老公不在的日子，我是媽媽與小孩的快樂。

老公回來的日子，就是一家三口的快樂。
我的日子，只有「不同的快樂」，沒有「不快樂」。
不管怎樣，都快樂。
因為，沒、有、人、可、以、影、響、我、要、的、快、樂。
至此，我終於明白，人生不是滿足自己想望的圖像，就是圓滿。
而是一個圓滿的人，不論處在什麼狀態，內在都是自在滿足。

這陣子，我赴北京講課，某次課程中，我提出一項作業，引導學生想像六十歲的自己要舉辦一個生日趴踢。我希望他們具體告訴我，六十歲的時候，「你擁有了什麼？有沒有孩子？事業如何？人生是什麼樣貌？你又希望用什麼樣的方式慶祝你的六十大壽？」
這些學生，有政府官員、房地產老闆、電影場記、有大學新鮮人等，他們來自湖南、安徽、北京、上海，四面八方。
有人的趴踢想要走自然風，田園裡有花有草，有清風與流水。
有人是中式壽宴，要有大紅燈籠，陳年普洱，鞭炮聲祝賀，還邀戲班子來唱戲。
另外許多人希望自己的家是個四合院，就在院中慶祝，翻出從小到大的照片，回憶豐富的一生。

不論什麼年紀，不論來自哪裡，不論想要用哪一種形式慶祝，其實大家對於一個六十歲的圓滿人生仍然有著共同的心願：希望自我實現得以完成，希望父母健在，希望身邊有伴侶，希望有相交一輩子的朋友述說共同的回憶。

我想，以上的心願，也存在我心裡。

我的六十歲壽宴呢，小阿里帶著小馬子，小鬍子已經變成了白鬍子。遠處，走來一個綁馬尾的可愛女孩，小鬍子指著她打趣著對我說：「妳看，她像極了當年我認識調皮又熱情的妳！」（可愛女孩是我女兒，哈！）

至親好友圍繞在我身邊，述說我這一生，滄桑中有浪漫、不完美但美好的一生。

唉，其實我沒辦法想得太遠，六十歲，離我現在還有二十三年呢！此時此刻，我仍處在奶瓶與尿布中，我正從小阿里的嘴巴奮力摳出紙片，那是被咬爛的童謠歌詞。我還努力騙回他啃壞的音樂書，那書本發出怪腔怪調的聲音，破碎的音樂七零八落充盈在尿騷味的空氣裡，不可思議地，這樣破爛的聲音，伴隨著小阿里的尖叫笑鬧聲，竟然好聽得不得了呢！

國家圖書館出版品預行編目資料

暖活 ：愛得還不錯的那些故事 / 劉中薇著.
-- 初版. -- 臺北市 ：聯合文學, 2014.09
304面 ；14.8×21公分. -- （繽紛；189）

ISBN 978-986-323-084-7（平裝）
855 103016067

繽紛 189

# 暖活：愛得還不錯的那些故事

作 者／劉中薇
發 行 人／張寶琴

總 編 輯／李進文
責 任 編 輯／黃榮慶
攝 影／Raymond Huang 黃雷蒙
插 圖／陳姿羽
資 深 美 編／戴榮芝
校 對／劉中薇 柯昀伶 陳英哲
業務部總經理／李文吉
行 銷 企 畫／許家瑋
財 務 部／趙玉瑩 韋秀英
人事行政組／李懷瑩
版 權 管 理／黃榮慶

法 律 顧 問／理律法律事務所
陳長文律師、蔣大中律師

出 版 者／聯合文學出版社股份有限公司
地 址／(110)臺北市基隆路一段178號10樓
電 話／(02)27666759轉5107
傳 真／(02)27567914
郵 撥 帳 號／17623526 聯合文學出版社股份有限公司
登 記 證／行政院新聞局局版臺業字第6109號
網 址／http://unitas.udngroup.com.tw
E-mail:unitas@udngroup.com.tw

印 刷 廠／世和印製企業有限公司
總 經 銷／聯合發行股份有限公司
地 址／(231)新北市新店區寶橋路235巷6弄6號2樓
電 話／(02)29178022



出 版 日 期／2014年9月 初版
2017年3月20日 初版四刷第一次
定 價／320元



ISBN 978-986-323-084-7（平裝） 

《聯合文學》 感謝您購買本書，這一小張回函，是專為您與作者及本社所搭建的橋樑，我們將參考您的意見，出版更多的好書，並適時提供您相關的資訊，無限的感謝！

姓名：　　　　生日：　　年　　月　　日　　性別：□男 □女

地址：□□□

電話：（日）　　　　（夜）　　　　（手機）

學歷：　　　在學：　　　職業：　　　職位：

E-Mail：____________________

1.您買的這本書名是：____________________

2.購買原因：____________________

3.購買日期：________年_____月_____日

4.您得知本書的方法？

□_____報紙／雜誌報導 □報紙廣告書評 □聯合文學雜誌

□_____電台／電視介紹 □親友介紹 □逛書店

□_____網站 □讀書會／演講 □傳單、DM □其他____________________

5.購買本書的方式？

□__________市（縣）______________書店 □劃撥 □書展／活動

□__________________網站線上購物 □其他____________________

6.對於本書的意見？（請填代號1.滿意 2.尚可 3.再改進，請提供建議）

書名___內容___封面___編排___綜合或其他建議____________________

____________________

7.您希望我們出版？

______________作者或____________________類的書

8.您對本社叢書

□經常購買 □視作者或主題選購 □初次購買

文學說盡人間事　自己的一生就是文學

客戶服務專線：（02）2766-6759 聯合文學網：http://unitas.udngroup.com.tw

（請沿虛線剪下）

聯合文學 出版社股份有限公司　收

1 1 0 台北市基隆路一段178號10樓

10F,178 KEELUNG RD.,SEC.1,
TAIPEI.(110)TAIWAN R.O.C.

(請沿虛線對摺後寄回，謝謝!)